コーヒーと
失恋話
モモコグミ
カンパニー

術館
リップ・ヴァン・ウィンクル
リップ・ヴァン・ウィンクル
ーデンの森の昔話

純喫茶は一人になれる時間をくれる。
そんな空間を作り上げ、
守り続けているマスター・マダムはどんな人なのだろうか、
一人になったとき何を考えてきたのか。
喫茶店に実際に足を運び、
「失恋」というテーマを軸にお話を伺い探っていく。
取材後にはマスター・マダムのお気に入りの喫茶店を教えていただき、
次回はそのお店へ足を運ぶ、そんな喫茶店を巡る物語。
きっと、さみしいだけが一人じゃない。

目次

Bernet (03-6304-9200)
POU DOU DOU / nop de nod (03-6659-5384)
Three Four Time (03-5792-8003)

3F
エセルの中庭

1

ファンタジックな秘密基地

アール座読書館

高円寺

インタビュー時に出してもらった紅茶「トロピカル」

私語厳禁、一歩入ればそこはファンタジーな秘密基地。聞こえるのは、人の話し声でもなく、音楽でもない。ただ水の音が響き渡る。

ファンタジックでこじんまりとした落ち着いた店内。目の前に出された紅茶は、一見普通の紅茶なのに飲んでみるとフルーティーで深みがある、いい裏切られ方をされた気分。さらっとしているようで奥深く、しっかりと主張をもっている、まるで凛とした一人の人間のようだ。

店主の渡邊さんもこの店内に負けず落ち着いていて、ちょっとやそっとのことでは動じない空気感がある。そんな渡邊さんから、人と人との関わりについて、〝恋〟をベースにお話を聞いてみる。

恋愛は悪い風邪

好きになりそうな人がいると、うわって、嫌な予感がするんですよ。人を好きになったときの、ペースを乱されて、いつもの自分でいられない感じが苦手で、例えば夜中に目がさめたり、昼夜逆転したり、そんな風になってしまうんです。

恋愛は、悪い風邪を引いたような感じです。

店主の渡邊大紀さん

だから、その気持ちを早く終わらせようって自分の中で先取りして失恋してしまうこともありましたね。

一人の方が気持ちも安定するし、散歩とかも好きなので一人の方が安心できます。でも恋愛してしまうと、ペースを持っていかれてしまうんです。本来の自分でいれなくなってしまいます。

嘘のない恋愛

そもそも、好きな人がいないときに人と付き合いたいって全く思わないんですよ。

一人ではさみしいと思わないので。

例えば、一人でさみしいから、誰でもいいからという気持ちで恋愛するなら、ペースを乱されず、たんたんとしていられたのかもしれません。

でも、一人でいるのが好きと言っているのは、本当の意味で一人じゃない、孤独じゃないからなんだと思います。お店をやるようになって気づいたんですけど、人に支えられているから、一人が好きと言えるんだと思います。本当に孤独ならそんなこと言っていられないと思いますから。

好きなメニュー

傷つけられないのも寂しい

昔はさらっとした人間関係が好きだったし、他人に傷つけられるのなんてすごく嫌だったけど、最近思うのは、誰にも傷つけられないのも寂しいなということです。

人とは適度な距離感も必要だし、悪くない。でも、そういう距離感の人たちって、あまり記憶に残っていないんです。そう思うと、今の自分が作られていったのは、傷つけて、傷つけられる、そんな距離感の人たちのおかげかもしれないです。

アール座読書館の店主 渡邊さんに10の質問

Q1 ― 自分のお店の好きなメニューは？
A1 ― 乳茶
その時々によって味を少しずつ変えている

Q2 ― アール座読書館の中の一番好きな席は？

好きな席

A2 ― 前から3番目の柱の近くの一番小さい席

Q3 ― 好きな天気は？

A3 ― 雨なら雨、曇りならとことんどんよりと、晴れなら思いっきり晴れているような振り切っている天気

Q4 ― 好きな時間帯は？

A4 ― 夕方

Q5 ― 好きな本は？

A5 ― ミヒャエル・エンデ著『はてしない物語』

Q6 ― 好きな色は？

A6 ― ワインレッド

Q7 ― 好きな曲は？

A7 ― 『Alone Again (Naturally)』 -Gilbert O'Sullivan

Q8 ― 好きな映画は？
A8 ― アンドレイ・タルコフスキー監督の映画
「水の監督」ともいわれている、映像芸術が素晴らしく、セリフがとても詩的

Q9 ― 一番印象に残っているお客さんは？
A9 ― お客さん第1号の方
自分が思っているお店の使い方をしてくれて安心したから

Q10 ― 好きな言葉は？
A10 ― 「今日という一日は、残りの人生最初の日である。」
(チャールズ・ディードリッヒ)

㋮㋣㋱　一つ一つの質問にああでもない、こうでもない、と真摯に答えてくださった店主の渡邊さんは「恋愛は悪い風邪」と言い切る。
どんなに体調に気をつけていても風邪をひいてしまうことがある。それと同じように、いくら人と距離をとっていても恋をしてしまうことが

ある。避けようのないものの例えとして、〝風邪〟という言葉が渡邊さんからでてきたのは、自分に嘘をつかない恋愛をしてきた証なのだろう。自分に嘘をついていないだろうか。一人が怖いという人にこそ、このアール座読書館で無言の中で自分の声に耳を傾ける時間を味わってもらいたいと思った。

ちなみに私はBiSHに入った当初、悩んでいるときによくアール座読書館に通っていた。そのころのお気に入りのメニューはカルダモンココア。お気に入りの席は……秘密です！

店舗情報

アール座読書館

東京都杉並区高円寺南3-57-6 2F
月曜定休　祝日の場合は営業、翌火曜休み
http://r-books.jugem.jp/

I

微熱のバレンタイン

1

アール座読書館　高円寺

放課後、バスケ部とバレー部が半々で使っている大きな体育館の床には、ボールが打ちつけられる音と、跳ねあげられる音、生徒たちの掛け声が高い天井に響き渡っている。

「パス！　パス！」「ナイス！」「こっちこっち！」

この広くて綺麗な体育館はさすが私立という感じだ。都立に落ちて、滑り止めで入った私立の女子校だったけど、やっぱり綺麗だし、結果こっちの方がよかった。間違えてない。香澄《かすみ》は心の中で頷いた。なによりここには――。

「で、香澄はバレンタイン誰かにチョコあげる予定は？」

向かいでトスをあげながら同級生の華《はな》が声を張り上げる。おしゃべりな彼女は先輩が近くにいないからって私語が多くなっている。

「え、何？」

周りの雑音を味方にして、香澄は聞こえないふりをする。

「だ！　か！　ら！　誰かに！　チョコ！　あげるの？」

「へ？　聞こえないーー！」

華から勢いよく放たれたボールを受け取ると笛が鳴り、ローテーションが変わって違うペアへと移動する。


はあ、逃げ切れた……。香澄は安堵する。

そこまで厳しい部活というわけでもないけど、練習中にもこんな話をしてくるなんて、華はかなり浮かれている。

香澄はバレーボールを両手に抱えながら、斜め前で今度は違う子に同じ話をふっかけている彼女を盗み見た。最近、他校に好きな人ができたという華は、教室でもずっとこの調子だ。いや、華だけじゃない。周りの子たちは他校の誰々くんがかっこいいだとか、男性教師に片想いしていたりだとか、そんなのばっかりだ。

みんな恋愛だけがこの世の全てみたいな顔をして、頭をポーッとさせている。

彼女たちは、香澄にとってインフルエンザみたいな、流行病にかかっているように見えた。

いや、インフルエンザよりタチが悪いかもしれない。

特効薬があるわけでもないし、その病が治るのは皮肉にも恋が終わった時なのだ。

「可哀想に」

香澄はそんな彼女たちを思って小さく呟いた。

そんなに恋愛がしたいなら、みんな共学にでも行けばよかったのに。

そもそもバレンタインなんて文化、誰が最初に考えたのだろう。今年は誰にもチョコなんてあげる予定はない。今年はもうあんなの、こりごりだ。

今、目の前にあいつが現れたら、迷わず顔面に渾身のシュートを打ち込ませてもらおう。絶対に外さない自信がある。

香澄は、これ見よがしに向かいのコートへ勢いよくボールを打ち込んだ。


中学三年生の冬。

香澄は同じ塾の同級生に想いを寄せていた。学校は違ったけど、すごく頭が良くて、背が高くて、かっこいい男の子。彼と同じ高校に入りたくて、香澄の成績はどんどん上がっていった。しかし結果、目指していた彼と同じ都立には落ちてしまった。優秀な彼はもちろん受かった。最後に塾に結果報告をしにみんなが集まった日、香澄は思い切って彼を人気のない路地裏に呼び出した。

「え？　何、これ？」

手作りのバレンタインチョコを受け取った彼は、驚いた様子で香澄と桜の花びらで彩られたそのラッピング袋を交互に凝視した。

「……お、遅めのバレンタイン。あ、みんなにあげてるわけじゃないよ！　本当は同じ高校に通いたかったな、なんて」

異性に贈り物をするのなんて、父親以外初めてだった。

真冬だというのに、身体がどんどん火照っていく。

マフラーなんてしてくるんじゃなかった。

どうか額に汗をかいていませんように、と香澄は心の中で祈った。

「そっか、ありがたいけど……」

彼は困惑しながらそう言うと、渡されたものをこちらに突き返してきた。

香澄は、訳もわからないまま彼の方を見れずにただ返された袋を見つめていた。

散々迷って一生懸命選んだ桜柄のラッピング。

志望校合格おめでとうの意味も込めたつもりだった。

彼がなかなか差し出した手を引っ込めないから、香澄は仕方なく袋の端っこを掴む。

すると彼は手を離し、チョコの重さが掴んだ右手に一気にのしかかってくる。

「俺さ、明日もう一校合否発表あるんだ。落ちたやつからもらったら、運悪くなりそうだからさ……」

彼は言った。

いつもと同じ、香澄の好きなクールな微笑みで。

あまりのショックに硬直する香澄に彼は追い打ちをかけた。

「てかさ、こんなことばっか考えてたから、お前、都立落ちたんじゃないの……?」

香澄より20㎝以上は背の高い彼が自分の方を見下ろしている。

ついさっきまで火照っていた身体は、袋の端を握りしめる指先から急速に冷めていった。

香澄はその時、自分が何かの熱に侵されていたことに初めて気がついたのだ。

部活が終わり、制服に着替え校舎を出ると、空は曇っていてポツポツと雨が降っていた。

冬の寒さに逆らうように、吐く息は白く頬は赤く熱を帯びていく。

香澄はマフラーに顔を埋めながらふと考えた。

あの時、まとわりついていた熱はどこから来ていたのだろう。

彼のせいじゃない。

きっと、自分が勝手に他人に期待して、勘違いした結果、侵された熱だ。

なんて馬鹿馬鹿しいんだろう。

徐々に強まっていく雨粒は香澄の頬を濡らしていく。

「香澄、傘は?　大丈夫?」

華がこちらを覗き込みながら訊いてくる。

「大丈夫。私、このまま走って帰るから」

「えっ、ちょ、風邪ひくよー！」

香澄は呼び止める彼女の声を振り切るように、水溜りを蹴って駅に向かって走った。


それからしばらくして立ち止まり、雨粒を一身に受けながら空を仰いだ。

今朝カバンに入れた折り畳み傘は、取り出さないままだった。

本当は華が羨ましかった。自分だって、また純粋にバレンタインデーに胸を踊らせたりしたい。

あの日の熱は、ドライアイスのように冷たくなり香澄の心に火傷を負わせていた。

その傷はまだ確かに、香澄の中に火照りながら残っている。

だけど、もう必要ない。早く、身体の外に出ていってほしい。自分で作り出したものなら、自分で追い出すことだってできるはず。


悪い風邪だと思えばいいんだよ。

大丈夫。インフルエンザなんかじゃない。ただの風邪。

こんな微熱、すぐに治るよ。

そう、言い聞かせた。

2

古時計が響き渡る別世界への入り口

物豆奇

西荻窪

物豆奇

雨がぽつぽつと降りだしたお昼前、西荻窪に溶け込むように佇む純喫茶「物豆奇」に訪れた。

店内に入ると、いくつもの古時計が飾られているのが目につく。時計は、現在の時刻を指しているものもあれば、デタラメな時刻を指しているものもある。絶えず響き渡るその振り子のカタカタという音は不思議と耳障りにならず気分を落ち着かせてくれる。そんな振り子時計に囲まれながら、その音色に包まれているうちにどれが本当の時刻か分からなくなってくる。

こちらは学生時代、進路に悩んでいたころに友人と遊びに来たとき座った一番奥にある席。窓のようなガラス戸の向こうに見えるのは現実の景色ではなく、別の世界だった。ここに座ってお茶をしながら、私と友人はもやもやとした現実の世界から少しの間離れることができた。何年かぶりに訪れた『物豆奇』さん、店内の古時計たちは当時と変わらずに時を刻み続けていた。

取材のアポを入れた際、「山田さんの話をお聞きしたい」と言ったら、「僕なんてつまらない人間ですよ、それでも良ければ」と一言。接客中も無駄口を利かずにテキパキ動くクールな印象の山田さんからはどんなお話が聞けるのだろうか。

やっぱり『時間』じゃないかな

失恋ね……。なにかをきっかけに親しくしていた人と決別することはありますよね。

僕も「ガクッ」と来たことはありますよ。この人とはもう会えないんだな、これでさよならなんだなって。だけどそんなことがあっても、仕事には行かなくちゃいけないいし、日中も部屋に籠っているわけにもいかないでしょ。それに、付き合いはその人だけじゃないんだし、その瞬間は一人になってしまったって思うけど、本当に一人なわけじゃない。

そのうち時間が過ぎたら落ち込んだ気持ちもなくなっていくんだ。だから、どんな辛い別れでもやっぱり一番の薬は「時間」じゃないかな。それしかないよ。別れの瞬間はもう嫌だって、全部放り投げたくなるけれど、それは「瞬間」なんだから。止まらなければ、自分の考えだって変わっていくし、他の人からアドバイスをもらったりしたりね。

そのときは、「どうしようどうしよう」って思っても、止まらずにもがいていればそのうち変わっていくんだ。

店主の山田広政さん

今、あること自体に価値がある

この店は、もともと店を作った初代店主から喫茶店経営の知識を知らない僕が受け継いでから40年以上経つんだ。始めた当時は振り子時計が家にあるのは普通だったけど、10年20年経って他の純喫茶もどんどんなくなっていって、振り子時計も珍しいものになり、この店は建っていること自体に価値が出てきた、それが今。店自体は変わらなくても周りが変わっていく。だから、ちょっとやそっとのことに動じずに、堂々としていれば自然とそのうち余裕が出てくるんだよ。時間をかけることが大切なんだ。

今まで大きいことを考えなかったから続けてこれたのかもね。コーヒーだってせいぜい400円とか500円でしょう。欲を出したら毎日こんなことやっていけないよ。

なくなっちゃったっていい

このお店を「どうしても辞めないでください」って言ってくれる人も

一番好きな振り子時計

いるけど、僕自身はこの店を「なんとしても守りぬかないといけない」「これを失ったらなにもない」なんて思ってないんだ。僕が動かなくなったら、他の人がやってくれればいいんだしね。

今は、悪口を言われたら「じゃあ、辞めてやるよ」って言えちゃうくらいの気持ちでいるんだ。いい意味で店にしがみついていないかもね。

物豆奇の店主　山田さんに10の質問

Q１－自分のお店の好きなメニューは？
A１－コーヒー
もともとコーヒーが好きで始めたんだからね

Q２－店内のいくつもある時計で一番好きなものは？

A２－斜めになっていて珍しいでしょ。振り子時計は文字盤に開いている二つの穴からネジを巻いて、動かしているんだよ。今の若い人はネジじゃなくて電池で動いてるって思ってるかもしれないけどね

Q3―好きな天気は？
A3―雨以外
Q4―好きな時間帯は？
A4―特にないね。毎日が繰り返しだもの
Q5―好きな席は？
A5―んー、どの席もそれぞれいいから決められないね。遊び心にあふれてるでしょ
Q6―好きな色は？
A6―青
Q7―好きな音楽は？
A7―特にこだわりはないけど、クラシックとジャズは聴くよ。お店にはいつも有線を流しているんだ
Q8―時計が同じ時間を指していないのは何故ですか？

インタビュー時に出してもらったブレンドコーヒー

A8 ― 別々の時間を指しているのは止まってしまった時計があるから

Q9 ― 一番印象に残っているお客さんは？

A9 ― 40年来の常連さん。デザイナーをしている人で今では個展に遊びに行ったりもする仲

Q10 ― お店を長く続ける秘訣はなんですか？（前回のアール座読書館店主・渡辺さんより）

A10 ― 秘訣？　そんなものはないよ。ただ、僕がこれをやるしか才能がなかったからじゃないかな。でも、強いていえば、欲張らないことだと思うよ。この内装も昔から一切変えていないんだ

㋮㋣㋱　取材を終えた後、私が「もう少し、お客さんとしてここにいていいですか」と訊くと、「もちろん」と言った後、何も言わずに取材中に出してもらっていた冷めたコーヒーに温かいコーヒーを付け足してく

れた。その二杯目のコーヒーはクールな中にも温厚さが垣間見える山田さんの人柄をそのまま映し出しているように思えた。
店内にある振り子時計のように店主の山田さんも、ここにくるお客さんも、それぞれの時間を刻一刻と刻み続けている。「普通の人なら定年だけど、店には立ち続けるよ。まだ身体は動くから」と時折優しい笑顔を交えて話してくださった山田さん。私たちの時間は限られている。だけど焦らなくていい。時間は待ってはくれないけれど、絶えず進み流れていくからこそいいのだ。

店舗情報

物豆奇

東京都杉並区西荻北3-12-10
［月〜日］11時30分〜21時00分　不定休

Ⅱ

三度目の星野源

真子《まこ》はデスクトップの右下に表示された晴れマークに向かって息を吐いた。

手元のマグカップに入れた濃いめのコーヒーには、明日の天気予報とは対照に曇った表情の彼女が浮かんでいる。

［明日、楽しみですね!! 天気も晴れてるみたいだし］

スマホには、朝から未読のままの雄也《ゆうや》からの浮かれたメッセージが届いていた。

雄也は、マッチングアプリで出会った同じ都内勤務の男性。真子より2歳年上の28歳。有名大学卒業。容姿も悪くない。明るくて、話しやすく、いいお父さんになりそうな安心感が漂っている。すでに2回会っていて、2人は順調に距離を縮めていた。

「先輩、前言ってたアプリの人、偽・星野源どんな感じです?」

昼休憩に入り、隣のデスクから後輩の林が話しかけてくる。お決まりのスターバックスのトールサイズを持つ左手薬指には小ぶりのダイヤのついた指輪が光っている。

「ちょ、声でかいって。シ――!!」

すみませんすみませんと、特に反省していなさそうに林がスタバを持ったまま、片手でごめんなさいのポーズをする。こんな風に、先輩にも分け隔てなく接することのできる彼女が羨ましい。自分に足りないのは、こんな愛嬌だろうか。真子は負けじと口角を上げて、「コラ!」と林の肩を軽く叩いた。

「じゃあ、ちょっと寒そうだけど、屋上でも行きます?」

そう言って、林は人差し指で天井を指した。


屋上には、昼休みは男子禁制という暗黙のルールがある。元々は喫煙所のような使われ方をしていたが、会社が全面禁煙を打ち出してから喫煙する男性社員のほとんどがビルの外に出て行ったのが原因だろう。

12月も半ばに差し掛かる今の時期は、わざわざ屋上に向かう人も少なく、恋愛相談にはもって来いだ。二人は入り口近くのベンチに並んで腰を下ろした。

「先輩、何を悩んでるんですか。めちゃくちゃ順調じゃないですか。というか、世間の女が求める〝普通〟って星野源ラインらしいですけど、実際、星野源似なんて、なかなかいないんですよ! この人全然、〝普通〟じゃないんですからね!?」

雄也との次のデートへ乗り気ではないことを伝えると林がこちらに乗り出して言う。

冬の訪れを感じる肌寒い風が、林の巻き髪をふわりと靡かせ、彼女の横顔を覗かせた。

「あ、それに、もし先輩が偽・星野源と一緒になったら、実質先輩は、偽・新垣結衣ってことですよ、羨ましいな～」

「ちょ、それは意味わかんなすぎ！」

林の発言に笑いながら、真子はこんなふうに相談できる相手がいてよかったとしみじみ思った。そもそもマッチングアプリなんてやったこともなかった。真子にとってそれは、気軽なものではなく、一対一の男女の真剣かつ孤独な戦いのように思えた。

「てか、動物園からのイルミネーションってそんなに嫌ですか？　素敵じゃないですか。ちょっと定番すぎる感じもあるけど。外に連れ出しもしてくれない前のヒモ男とは比べ物にならないし」

「もーいいからその話は！　それより、次で会うの、３回目だからさ、その……」

林が両手で包んだスタバをまた一口含んで、口ごもる真子を覗き込む。

「あ～なるほどですね……うん、先輩、次絶対告られますね」

うつむいて無反応の真子の頬っぺたに林がカップをそっと近づけた。

横目でうっすらとスタバのカップの柄がクリスマス仕様になっているのが見えた。

イルミネーション、クリスマス前、３回目、告白……。

「ほら、あったかいでしょう？　つまり、先輩は冷えてるんです。気がついていないだけで。何も迷うことなんてないじゃないですか。話を聞く感じ、めちゃくちゃいい雰囲気だし」

「だって……」

「だって？」

真子が子供のように呟くと、林が親のような目線でこちらを見つめ返す。

「好きになれるかわかんないんだもん」

そう言うと、林はそんなことかと言ったように、白い息を吐いた。

「先輩、アプリなんてそんなもんですよ。相手が合格点なら、とりあえず付き合ってみればいいんですよ。逆に何回もずるずる会ってるのに結局告白されなかった方が時間の無駄。私はそう思いますけどねぇ。第一、いいと思う人に出会えること自体当たり前じゃないんですから」

そんなことわかっている。わかっている上で悩んでるのだ。偽・星野源。実際、普通以上だ。いいに決まっている。相手も自分のことをいいと思っているのも伝わってくる。一緒になったらまあ、幸せにしてくれそうだ。だけど、いくらいい人でも、3回会ったくらいで好きになんてなれない。好きにならないまま付き合って、その後好きになれる保証なんてある？

「あーもう、わからん！　休憩終わるし、戻ろう。あー寒い寒い。色んな意味で寒ー

――い！」


真子は考えるのが嫌になって、ベンチから立ち上がった。

「ちょ先輩！　また報告してくださいねー?!　チャンスなんですから！」

背中に能天気な林の声が聞こえた。

実際、付き合うことに対してハードルを上げ過ぎているのかもしれない。

だけど、うん。わかってるんだけど、ね。


コアラ、猿、キリン。

いいなあ、この子たちは人生で何かに迫られることも、決断することもないのかな。

ああ、「人生」って「人が生きる」ってなんて面倒くさいんだろう。

そんなことを思いながら、真子は目の前の囚われの動物たちを眺めて歩いた。


「真子ちゃん、お腹空いてない？」

園内を一周した後、偽・星野源こと田口雄也が緊張した様子で聞いてくる。

「あ、うん。ちょっと空いてるかも」

「そっか、よかった」

真子の言葉を聞いて、彼はにこりと笑った。

「実はこの近くに雰囲気のいいイタリアンのお店があって、予約してるんだよね。よかったら行かない？ イルミネーションももう少し遅い方が綺麗だと思うし」

こういう計画的で用意周到なところも、合格点だ。

自称男を見る目がある、という林の顔が思い出された。

やっぱり、林が絶賛するくらいだから、この人に告られたら一旦ＯＫすべきなのか？

あー、また考えちゃうからもうやめた。真子は空腹のお腹に意識を集中させた。


連れられて行ったイタリアンのお店は少し暗くておしゃれな雰囲気で料理もどれも申し分ない美味しさだった。

仕事の話、今日見た動物の感想、他愛もない会話をして雄也との時間は過ぎていく。

気づけばコース料理の最後のデザートが来て、お会計を終え外に出ると空はもう真っ暗になっている。


近くのイルミネーションに彩られた道を歩きながら、真子の頭の中ではまた会議が始まっていた。

だってまだ会って3回目だし、定番のデートばかり重ねているだけだし。彼のことなんて正直よくわからない……。

イルミネーションが終盤に差し掛かると雄也が急に立ち止まり、綺麗なゴールドの光を背にこちらを見つめてきた。真子は平気な顔をしながらも内心かなり焦っていた。

そんな真子に気がつくわけもなく、雄也はゆっくりと口を開く。

「あのさ、俺ら初めて会ってから今日で3回目になるよね。それでさ……」

「ごめんなさい!!!」

頭で考えるよりも先に、真子の口は勝手に動いていた。その声に反応して、近くのカップルがこちらに好奇の視線を送っているのがわかる。

申し訳ない気持ちが押し寄せてくる。

「あ、あの、私」

目の前の偽・星野源は、驚いたように口を半開きにして固まっている。

「私、実はフラれたばっかりなの。それで、勢いでアプリに登録して、でも……私やっぱり忘れられなくて、前の人のこと。雄也くんとは比べ物にならない、ヒモみたいな男で全然いいところなんてなかったのに。バカだよね」

どんどん声は小さく早口になっていく。

「うん、大丈夫。わかったよ、わかったから」

雄也は、いつの間にか平静を保ち直し、こちらをまっすぐ見つめている。

透き通っている彼の瞳を見て、真子は自分がとんでもなく悪い人間のような気がした。

それから、彼の片手が頬に近づいてくる。

真子は雄也に触れられて自分が一筋の涙を流していることに気づいた。

「真子ちゃんごめんね。会って3回目で好きか嫌いか判断してなんて考えてみれば変な話だよね」

そっと雄也の手が離れていく時、真子は少し寂しく思った。

「俺、焦ってたんだ。友達に真子ちゃんのこと相談したら、会って3回目で決着つけるべきだとか言われてさ。ダラダラしてたら、女子は愛想つかすとかなんとか」

真子は今日のイタリアンコースを思い出した。コース料理の最後に出てきたティラミスは自分がこのコースの中で一番でしょ?みたいな顔をしていた。だけど、それまでに来た鮮魚のカルパッチョも、チキンのソテーだって美味しかった。

前菜からデザートまでのどれかが欠けてもコースは成り立たない。

「元彼のこと、忘れなくていいよ。そういえば、真子ちゃんのこと、過去とか全然話してなかったね。ゆっくりでいいよ。まずは友達でいいから」

帰り道、〝友達〟となった雄也とコンビニで缶ビールを買って、公園に寄って色々と話した。

職場のこと、最近ハマっているゲーム、雄也がアイドルグループが好きで意外とオタク気質なことも知った。クリスマスにライブを優先したことが原因で前の彼女にフラれたとか。

真子は思い切って、林が雄也のことを偽・星野源と言っていたことも話してみた。

「いや、俺ちょー音痴なんだけど。学生時代友達とカラオケ行ってからめちゃくちゃいじられるようになって、それ以来トラウマなんだよな〜。才能ない星野源とか、喜んでいいのかな」

雄也はそう言って笑っていた。

なんだこの人、思ったほど完璧じゃないじゃん。真子は一気に肩の力が抜けた。さっきまでのぎこちない雰囲気が嘘みたいだった。

「3回目だし、クリスマスシーズンだし、俺、急かされてたんだよ。でもおかしいことだよな。考えてみれば、時間なんてかければかけるほどいいのにね。クリスマスだって、1、2日ですぐに過ぎるものなのに。俺も目が覚めたよ」

家に着いたあと雄也からメッセージが届いていた。
[今日はありがとう。もしまた遊んでくれるなら連絡ちょうだい。今度はどこに行こうか。　偽・星野源より（笑）]
[こちらこそありがとう。そうだな〜、カラオケはどう?]
真子はうきうきしながら雄也の返信を待った。

3

マジックのように人を惹きつける老舗純喫茶

邪宗門

荻窪

荻窪駅北口を出て少し歩いた商店街の通りにひっそりと佇む、『邪宗門』は今年で67年目に入る老舗の純喫茶だ。扉を開けると階段があり、二階が客席となっている。階段を上り、二階席に向かう。心地良いシャンソンの流れる空間にはここでしか味わえないであろう魅惑的な雰囲気が漂っている。

席に座って辺りを眺めると、いくつかの鏡が目に入る。テーブル席に一つ、二階席へ続く階段に二つ。そのどれもがぼんやりと白く曇りがかっている。その鏡たちは、店内の風景をぼかしながら映し出している。

店主の風呂田和枝さん

取材時に出していただいたブレンドコーヒー。コーヒー専用に作られた砂糖は、昔から同じところから仕入れているのだという

赤い座席でランプの淡い光に包まれながら注文したコーヒーをゆっくりと待つ。

時折見せる笑顔が素敵で、物腰やわらかな和枝さん。現在91歳にも関わらず一日に何度も階段を上り下りしてお客さんへ注文の品を届けている。そんな一杯だからこそ、一口一口味わって飲もうという気持ちになる。酸味の効いたすっきりとした味わいのコーヒーを飲みながら和枝さんのお話に耳を傾けてみましょう。

自分自身が上を向いていなくちゃね

雰囲気がいい？　確かに、そうね。お客さんもいい人ばかりで、私のことを気遣って、自分の飲み終わったコーヒーカップを自分で下まで持っていく方もいらっしゃるのよ。

こちらが良い雰囲気でいれば、自然と良いお客さんが来てくれるわ。人間関係でも一緒、やっぱり、良い人に良い人は寄ってくるものよ。良い人間関係を作りたいならまずは、自分自身がいつも上を向いていないと、そういう人は寄ってこないわ。良い人と付き合いたいなら、まずは自分が一生懸命に勉強しないとね。

スピーカーの上に置いてあるマジシャンの置物

友達がいるから寂しくないわ

長年連れ添った主人が亡くなってからもう20年以上にもなるけど、亡くなってからも私には友達がいたから寂しくなかったわ。

主人は、30代になってからマジックを始めて、それから師匠についてマジックを自分で作って本まで出したのよ。夫のことを知らないマジシャンは世界中でいないくらいだったわよ。ただし、それが〝良い〟マジシャンだったからね。やっぱり良い人には良い人が寄ってくるものよ。

3年に一度開催されるマジック大会には30年も主人と一緒に参加してたわ。オリンピックみたいでしょ。そこでマジック仲間に会えるのが嬉しかったわ。私たちは、言葉が通じなくても、マジックでつながることができたの。

主人とは、世界旅行にも行ったわ。ヨーロッパとか、ほんとにいろんなところにいって、そこでも世界中にお友達ができたわ。みんないい人ばっかり。私は世界中に好きな人がたくさんいるの。もう、当時のお友達も亡くなってしまった方が沢山いるけれど。今の若い人たちは気の毒だと思うわ。人と話しちゃいけないとか、外に出ちゃいけないとか。だ

好きなメニュー。入り口に置いてあるコーヒーだけでもざっと19の種類がある

けど、人とつながるためにとにかく、なにか自分から始めてみるのは良いことだと思うわ。

人とのコミュニケーションは難しいことじゃない

人とのコミュニケーションが難しい？　全然難しいことなんてないわよ。人と関わっていないからそう思うだけじゃないかしら。人との関わりがないと相手が何考えてるか分からないでしょう？　人と関わっていないとだんだん相手の気持ちが分からなくなってくるものよ。

自分の殻に閉じこもってばかりいたら、つい人を疑ってしまったりするのよね。構えなくていいの、自然体でいれば自分に見合った人が、近寄ってきてくれるはずよ。

荻窪　邪宗門の店主　風呂田和枝さんに10の質問

Q1―好きなメニューは？

A1―ウインナコーヒー、ロシアンコーヒー

好きな席。ここがスピーカーから流れてくる音が一番いいからだという

Q2―好きな席は？
A2―階段を上って一番近くにあるテーブル席
Q3―好きな天気は？
A3―晴れてあったかいのがいいね
Q4―好きな色は？
A4―赤
Q5―印象に残っているお客さんは？
A5―昔はやっぱり大学生が多かった印象ね。コーヒーは家では飲めるものではなかったからみんなコーヒーを飲みに喫茶店に行っていたのよ
Q6―好きな音楽は？
A6―ジャズ
昔はジャズの好きな主人の意向もあり、店内でもジャズを多くかけていたが、お孫さんと一緒に切り盛りしている今はシ

ヤンソンもかけるようになったという

Q7―好きなマジックは?
A7―スライハンド
Q8―友達を作るコツはありますか?
A8―んー、困っちゃうわね。身構えないこと。自然とね。あまり意識して作るものでもないわ
Q9―接客で心掛けていることは?
A9―相手が自分から話してこないかぎり、お客さんにどんな職業についているとか、そう言ったことはこちらからは訊かないようにしているわ。美味しいコーヒーを提供できるだけで満足だもの
Q10―若々しさの秘訣は?
A10―やっぱり世界中の人と関わりをもっていたからかしら

まとめ　店内に置かれている少しくすんだ鏡を覗くと、その不確かさに妙に安心感を憶える。人間関係もきっとこのくらいでちょうどいい。全てが見えていなくても、はっきりしなくても、人とのコミュニケーションは成立するのだろう。全てを明瞭にする必要なんてない。たった一つでも共通点があれば、人とつながることはできる。言葉が通じなくてもマジック一つで世界中に友達を作ることだってできるのだから。

和枝さんは、視力が年々衰えてきて、お客さんの顔も以前に比べ分かりづらくなってきていると言っていた。それでもお客さんへコーヒーを運び続ける。お客さんが注文してから、一杯ずつ淹れているコーヒー。そのお客さんのために入れたコーヒーをその一人のために大切に運んできてくれる。はっきりと見えていなくても、その一杯でお客さんとつながることができているのだろう。

巧妙なマジックのように人を引き付ける魔力にも似た、不思議な魅力に包まれた荻窪の邪宗門。あなたもぜひそのトリックに一度は魅せられていただきたい。

店舗情報

邪宗門

東京都杉並区上荻1-6-11　15時～20時（通常時は22時まで）
不定休（基本的に月曜はお休み）　喫煙可　jashumon.com

Ⅲ

アヤと麻弥

3

邪宗門

荻窪

だめ、だめ、こんなんじゃ。全然だめ。

はぁ……。

麻弥《まや》は鏡の中の不恰好な自分を睨みつけた。

別に、美人になりたいわけじゃない。少しでもマシになればいい。少しでもアヤに近づければいい。

そう念じながら、麻弥は奥二重を無理やり広げようとするが、慣れないアイテープを使いこなすにはまだまだ時間がかかりそうだ。

「ねえ、もっとオシャレとかしたら？　麻弥はほら、スタイルとか、元々の素材はいいんだからさ」

「女の子なんだから、メイクとかもっと頑張ればいいのに」

会社の同僚の女子や親から、耳が痛くなるほど言われてきた。

だけど人からどう言われようと、麻弥はそもそも自分の顔がブスだとも、美人だともあまり考えることもなかった。

人は見た目じゃなくて内面だ。

そう考えて、周りの目を気にせずに自分の好きなものを最優先にして生きてきたのだ。

化粧品とか服とかにお金をかけるなら、もっと自分の趣味にお金をかけたい。アニメイトで漫画やグッズも買いたいし、新作のゲームだって欲しい。

そんな容姿に無頓着だった麻弥がアイテープを始め、化粧に関心を持ち始めたきっかけは、VTuber「椎名アヤ」としてネットで活動し始めてからだった。

半年前、コロナ禍真っ只中で仕事も休みになり、麻弥は前から好きだったネットに一層のめり込んでいった。元々見るだけだったが、自分でもできるのではないかと手を伸ばしたのがVTuberだった。

「椎名アヤ」は爆発的とまではいかないが、麻弥自身が思っていた何倍も人気が出た。得意のゲームを配信したり、流行りに乗っていくうちに徐々にファンを獲得し頭角を表していった。

「椎名アヤ」は現実の麻弥とは大違いだった。ピンクの巻き髪ツインテール、赤くて大きな瞳が特徴的でいつもニコニコしていて、誰がどうみても可愛く愛嬌のある女の子。

最初は、ネット上の人格だと割り切れていたが、いつからか麻弥は椎名アヤと現実の冴えない自分とのギャップに落胆するようになっていった。

「神風奏也《かみかぜそうや》」と接近したことも大きかったかもしれない。

神風奏也は、その界隈では誰もが知る人気のVTuberで、麻弥より活動歴も長い。主に「歌ってみた」の投稿をしていた。

彼は、青髪と銀縁メガネがトレードマーク、知的でクールで美形なビジュアルに中性的な甘い声で女性人気を獲得していた。そんな奏也とゲーム配信でコラボしてから、二人は徐々に距離を近づけていき、今では配信以外でも個人的にメッセージのやり取りをする仲になっていた。やり取りする中で、奏也とは歳も近く、都内住みと意外と共通点が多いことがわかった。

甘い声や、圧倒的なビジュアル、それでいて親しみやすい人柄を兼ね備えた奏也は麻弥にとってまさに王子様のように思えた。

次第に、麻弥は現実の顔も知らない奏也を異性として意識するようになっていった。

コロナ禍が落ち着いてからも、奏也との繋がりは途絶えなかった。心を開ける友人の少ない麻弥にとって、奏也は唯一の心の救いだった。仕事でうまく行かない日も、奏也とメッセージを送り合うだけで気分が落ち着いた。

この関係がずっと続けばいいと思っていた矢先、ご飯に誘ってきたのは奏也の方だった。

ネット上で繋がった人とリアルで会うのは初めてだった。麻弥は最初、断ろうかと散々悩んだが、結局その誘いを受けることにした。男性から誘われたことなんて今までなかったから、自分を誘ってくれたことが嬉しかったし、奏也ともっと近づきたい思いに抗えなかった。

［さすがに、顔写真送り合ったりしない？］

奏也からこんなメッセージが届いて、麻弥は焦った。

［いや、それはやめとこう。服とか教えとけば見つけられると思うし、サプライズの方が楽しいじゃん］

生身の姿を送るなんてまだ勇気がなかった。椎名アヤを介して関わっている奏也にとって、実際の自分はアヤとは雲泥の差だろう。

そう送ると、奏也はそれを承諾した。自分は仕事帰りだからスーツ姿で来ると服装を伝えてくれた。奏也のスーツ姿を拝めるなんて、ご褒美でしかない。自分の容姿がアヤと比べてどうであれ、麻弥の中で奏也に会いたい気持ちはもう抑えきれなくなっていた。

約束のカフェにつき、入り口の前で立ち止まり、麻弥はガラス越しに自身の姿を映して何度も確認した。

無理やり食い込ませたアイテープと気合の入った濃いメイク。カールアイロンで火傷しながらも、なんとか巻いた毛先。今日のために買った秋らしいワインレッドの落ち着いたカーディガンに、リボンのモチーフをあしらったネックレス、精一杯のおしゃれをしてきたつもりだ。

今日は平日だが、わざわざ有給を取って、家を出る時間ギリギリまで奮闘してきたのだ。

[アヤちゃん、大丈夫そう？　僕、早めに着いてしまったので、入り口の近くの席でコーヒー飲んでます！]

スマホに届いた奏也からのメッセージで我に返った。約束の時間から、すでに3分経ってしまっていた。麻弥は急いでカフェに入り、入り口付近の席を見渡す。しかし、奏也と思われる人物は見当たらなかった。

「あ、あの」

店内の奥の席へ足を進めようとした時、声をかけられ麻弥は立ち止まった。

「あの、アヤちゃんですよね？　ワインレッドのカーディガン」

「へ？」

声をかけてきた相手を見て、麻弥の頭の中にハテナマークが浮かぶ。

彼女はスーツ姿に身を包み、黒髪のショートカットで銀縁の眼鏡をかけている。切れ長の目に色白の細身でクールな雰囲気だ。

混乱する麻弥を気にしない様子で、彼女は優しく微笑んでいる。

この温度感のある優しい声。それは待ち合わせ相手、奏也そのものだとはっきりわかる。麻弥はよろけそうになりながらも、なんとか声を振り絞った。

「えっと、神風奏也さん……？」

「びっくりしたでしょ。アヤちゃんがサプライズの方がいいって言ったから。こっちも驚かしちゃおうかなって」

彼女は、お茶目に舌を出した。

（わ、私の王子様が……）

奏也の正体に衝撃を受け、心の声が漏れそうになりながらも、麻弥は彼女の向かいの席に腰を掛けた。今日のために無理して買った洋服も慣れないヒールも、化粧の時間も一体なんだったのだろう。落ち着いた様子の彼女とは対照的に麻弥の頭の中は騒がしかった。目眩がしそうになるのをなんとか耐えて、彼女に誘導されるがままメニューから適当なものを注文する。

「この声がコンプレックスだったんだけど、VTuberをやってから強みになって」

奏也は、昔から男装が趣味で、低い声を生かしてVTuberを始めたのだという。本名も咲ということを教えてくれた。

奏也に抱いていた淡い恋愛感情は脆くも砕け散り落胆していたが、麻弥は話していくうちにそんなマイナスの感情が不思議と薄れていくのを感じていた。

彼女が奏也の面影を纏っているかっこいい女性だったからかもしれない。

彼女は、麻弥が想像していた性別とは違っていたが、決して奏也とかけ離れているわけではなかったのだ。

昔からの友達だったようなどこか懐かしい雰囲気で二人の時間はあっという間にすぎていく。

「でもよかったなあ、やっぱりアヤちゃんは椎名アヤのまんまだったから」

店員がラストオーダーを聞いてくる頃、咲が言った。

「え、どこが？　全然違うでしょ」

麻弥は驚きのあまり、つい変な高い声を出してしまった。

「ううん、アヤちゃんの語尾の上がる可愛い話し方とか、ゲーム実況の時と一緒だし、ちょっと天然なところとかもそのまんまだった。今日は会えてよかった」

そう言って、彼女が王子様のように微笑んだ。

帰り道、麻弥は光を落としたスマホの画面に自分の顔を映して笑って見せた。

現実の自分はアヤより劣っていると思っていた。だけど、自分だってアヤと完全に別物ではないのかもしれない。

瞼のテープは取れかけていて、なんだかヘンテコでおかしかった。

だけど、ほんの少しだけ、こんな自分のことも愛してあげてもいい気がした。

4

想いが手紙で繋がるノスタルジーな空間

喫茶　天文図館

阿佐ヶ谷

店主の山城隆輝さん

阿佐ヶ谷駅から徒歩1分の街並みに店を構える喫茶天文図舘。2020年8月にオープンしたばかりで、店主の山城さんは今まで取材してきた中でも最年少の26歳だ。

山城さんは夕焼けや、夜空など、自然の中の空間を愛し、自分でもノスタルジーな空間を作りたいと店を始めたという。笑顔が素敵で話しやすいおおらかな雰囲気をまとった山城さんだが、お店を始める前はロケットの打ち上げを見たくて、北海道から種子島までヒッチハイクをしたり、その後も1年以上種子島に移住していたアクティブな一面もある。

店内に入るとまだお店は新しいはずなのに、どこか懐かしい雰囲気が漂っているから不思議だ。二階席のランプで薄く照らされたノスタルジーな空間に身を委ねながら一緒に〝想い〟について考えてみましょう。

あのときが人生の頂点だったのかな

僕は、高校時代野球の強豪校にいました。甲子園に憧れていて、野球をやるためにその学校に入ったんです。授業中は体力温存のために眠って放課後の野球に全力をささげるって感じでしたね。本当に、その頃は野球が全てでした。

でも、大学生になってからは野球から身を引きました。高校時代、プロに行くような人を沢山見てきて、自分が野球を続けようとも思わなかったです。プロに行く人は全然違って、同じ人間なのかなと疑ってしまうくらいなんですよ。

野球がなくなってからはすごく悩んで、もがいて、しばらくは迷走期でしたね。自分の人生の全てだったものがなくなって、燃え尽きてしまった感じでした。大学時代も読書とか、剣道とか、色々やってみたんですけど、高校野球の輝きには勝てなくて、やっぱり高校時代のあのときが人生の頂点だったのかなと思ってしまいましたね。

喫茶店は苦手でした

自分が喫茶店をやるなんて考えてもいませんでした。むしろ、カフェとか喫茶店とかって苦手な部類だったんです。女の子たちが写真を撮ってインスタにあげて……みたいなわちゃわちゃしたイメージがあって……。でも大学時代の彼女にある純喫茶に連れていってもらって喫茶店のイメージがガラッと変わったんです。それからは一人で通ったりするくらい、喫茶店が好きになりました。

1階のカウンター席

そんなきっかけを作ってくれた当時の彼女とは結局別れてしまったんですけど、長く付き合っていたのもあって、別れた後も事あるごとに思い出してしまいましたね。でも、そのときは自分の気持ちに蓋を閉めてしまって、きちんと自分の想いに向き合えませんでした。蓋を閉めていても隙間から想いは漏れている感じで、結構引きずってましたね。女々しいですね、あはは。でも今の自分だったらもっと向き合えるだろうなと思うんですけどね。

人の想いが内装になる

一階はカウンターになっていて、お客さんと距離感近めで僕もお話したりします。二階は一人で物思いに耽れたり、読書を楽しんだりと、お客さんそれぞれの好みや気分で居心地のいい場所を選んでいただければと思います。

二階では、お客さんが手紙も書けるようになっています。

お客さんに手紙を書いてもらおうと思ったきっかけが、自分自身も通っていた喫茶店で、お客さんが壁に落書きしたり、メモ帳にメッセージを残したりしていて、うちでもやりたいなと思ったんです。来店した時

2階の本棚のいたるところにお客さんの書いた手紙が挟まれている

期も全然違うのに、知らない人と気持ちを共有できるのってとても素敵なことじゃないですか。

目に見えなかった人の想いが手紙という形になって、その手紙を本棚に飾ったら内装になるって気がついたんです。だから、これから将来どうしよう、とか迷走している時期って、時間が経てば消えてしまうけれど、こうやって形に残すこともできる。やっぱり無駄じゃないんですよ。

いつか、この本棚がお客さんの書いた手紙で埋め尽くされて、この空間一帯も、お客さんの想いで成立するような場所になればいいなと思っています。そういうのって本当に、再現性のない唯一無二のものですよ。お金持ちが10億円出しても買えないじゃないですか。

喫茶天文図鑑店主　山城隆輝さんに10の質問

Q1―お店の名前の由来は？

A1―宮沢賢治の世界観からインスパイアを受けた空間であることと、人々の人生が図鑑みたいにこの空間に収められたらという想いから

地球儀の置いてある席

Q2―好きなメニューは？
A3―紅茶　お客さんからもよく褒められます
Q3―好きな席は？
A3―二階の真ん中の地球儀の置いてある席
この机は90歳のおじいちゃんが18歳のときに初任給で買ったものなんですよ
Q4―好きな天気は？
A4―雪
Q5―好きな色は？
A5―濃紺
Q6―好きな本は？
A6―宮沢賢治『銀河鉄道の夜』
Q7―お店のこだわりポイントは？

A7―余計なものを置かない

Q8―阿佐ヶ谷の好きなところは？

A8―下町感があって、バランスが良く、落ち着いていていているところ

Q9―印象に残っているお客さんは？

A9―子供のころの知人が15年来に来店してくれた

Q10―これからの目標は？

A10―お店を100年続けること

㋮㋣㋱　人の想いは、形になる。そのことを今回の取材で思い知らされたように思う。山城さんの空間に対する情熱や喫茶店を愛する想いが「喫茶天文図舘」を作り、その空間でまたお客さんが想いを連ね、それらがまたお店の内装になる。

「余計なものは置かない」とお店のこだわりで挙げていた店主の山城さ

んだが、いずれは本棚がお客さんの書いた手紙で埋め尽くされればいいと言っているのが印象的だった。山城さんにとって人の想いは余計なものには分類されないのだろう。

店内には手紙以外にも、90歳のおじいちゃんが18歳のときの初任給で買った70年来の机が置かれていたり、友達と一緒に彫ったお店の看板など、想いのこもったものが沢山あった。この店に感じるノスタルジーにはきちんと理由があったのだ。

想いは時に人の邪魔をしたり、無駄なものに終わることもある。けれど、どんな想いも余計なものではなく、人生を形作っていく貴重なものだろう。

お客さんと共に空間を形作っていく喫茶天文図館、100年後はどんな姿をしているのだろう。想像するだけでわくわくしてしまう。

店舗情報

喫茶 天文図館

東京都杉並区阿佐ヶ谷北2-1-7
全日13時～20時
https://tenmonzukan.com
instagram @kissa_tenmonzukan　twitter @nostalgiakenkyu

Ⅳ

彼女の電話番号

授業後に毎回ノートを回収すると宣言した途端、生徒たちはブーブー文句を言ってきた。

「せんせー、これ、個人情報なんじゃないですかー」

とか。

「俺、ノート取らない主義なんですけど」

とか。

とにかく面倒くさがられている。というか俺は舐められているだけかもしれない。

まあ、実際彼らとは5歳程度しか離れていない。舐められるのも仕方ないことだ。

「いいか、日本史はノートの取り方が全てなんだ！　板書をそのまま写すだけじゃ足りない。年号をそのまま暗記したりするから、流れがわからなくなるんだ！」

授業後に毎回生徒のノートを回収して、一番良かった生徒のノートをコピーして、生徒全員に配ると決めた。

負けてたまるか、これが俺のスタイルだ、と言う感じで。

まあ、今ではこの時の自分がかなり眩しく思える。

授業も今日で5回目だ。最初は乗り気でなかった生徒たちだったが、途中から歴史のストーリーを漫画仕立てにして描いたり、頭角を表す生徒も出てきた。なんだかんだみんな楽しんでいるみたいだ。

だけど、実際この提案に首を絞められているのはこっちの方だった。

俺は今日も深夜までやっている喫茶店でゼーゼー言いながら生徒たちのノートにペンを走らせている。

こんなこと言わなきゃ良かったかもしれない。正直、1カ月ほどの短い教育実習の期間で爪痕を残そうとしすぎた。約30人分のノートを次の授業までに添削して返すのは、やってみるとなかなか骨の折れる作業だった。このノートの山は明日までには返却しないといけない。まだ半分以上残っている。元卓球部の経験を活かして、部活にも毎日参加しているから疲労している。たかが卓球、されど卓球。高校生の体力は侮れない。明日も朝早いし、寝たい。でも、これが終わったら次回の授業の準備も残っている。教師になったら、生徒たちの言うように、こんな〝面倒くさい〟ことは絶対やめよう。

そう胸に刻みながら、生徒の顔を思い浮かべた。

気がつけば、母校でもある小北高校の2年C組での教育実習も残り一週間を切っている。

平均的な公立高校で〝幅〟のある生徒が在籍している小北高校の生徒は、最初はうるさいと思っていたが、案外可愛いところもあって声をかけてくれる生徒も多い。

よし、次々!!

店員におかわりのコーヒーを注いでもらい気合を入れ直し、山盛りの束からまた一冊を取って開いてみる。

そのノートは、丸っこい文字で丁寧に板書してあるが、ラメ入りのペンで意味もなく一行ずつ色を変えたりしている。

これはいわゆる、ギャル文字か？　あ、「ギャル文字」とか今は死語か？

「板垣太助」って大切なところ間違えている。赤ペンで〝太〟の横に〝退〟と書き加えた。

×をつけるんじゃなくてさりげなく。こういうの、きっと大事だ。

『カラフルな板書で素晴らしい!!　でもこんなに色を使っていたら、どこが重要なところか分かりづらいね。もう少し、ペンの数を減らし……』

いや、違う。こんな勉強の苦手そうな生徒は、板書をしただけで偉いんだから、こんなことを書いたら逆にやる気を削いでしまうだろう。コメントを書いた付箋を丸めて新しいものに変えた。

『綺麗な板書で素晴らしい!! このキラキラしたペン可愛らしいね。全部で何本持ってるのかな?』

このタイプには、このくらいラフな方がいいだろう。

付箋を貼ってノートを閉じようとした時、一番下の余白に［next→］というこれまたキラキラの文字を見つけた。

ページをめくってみて、一気に目が覚めた。


〜〜〜〜〜〜〜〜〜〜〜〜〜〜〜〜〜〜〜〜

大輝先生へ！
いつも楽しく、わかりやすい授業をありがとうございます!! わたし、ここら辺の時代、苦手なんです。次のテスト不安なので、良かったら電話でわからないところ聞いてもいいですか？ わたしの番号です↓080-××××-××××
大体夜遅くまで起きてるので何時でも平気でっす！★

〜〜〜〜〜〜〜〜〜〜〜〜〜〜〜〜〜〜〜〜


黒ペンでこう書かれた文字の周りはカラフルに縁取られている。

わからないところ？ 教科書に全部書いてあるだろうが。わざわざ電話なんてしなくても。

それかあれか？　俺は、いわゆる好意を向けられているのだろうか。

慌てて表紙を見返すと、「2年C組西条《さいじょう》 桃奈《ももな》」と、こちらもまた可愛らしい文字が書いてある。

西条桃奈。一軍グループで背が高く顔も大人びていてクラスでも目立っている。スカート短めの茶髪ロングのギャルっぽい生徒。

歴史オタクの地味な俺は、高校時代、彼女とは正反対のポジションにいた。

当時同じクラスだったらきっと話すことも許されなかったのだろう。

今だって冴えない大学生だ。教育実習生は生徒にモテるという話をたまに聞くが、俺にはそんな気配はさらさらなかった。これは、夢か？

時計の針を見ると22時過ぎを指していた。

まだ、多分起きてるよな？　気分転換にかけてみるか？　どうせ頑張って家に帰ったって話す相手なんていない。１人寂しく寝るだけだ。

来年受験生になる、テストも近いし、これは電話した方がいいんじゃないか？

なんにせよ、生徒に頼られるのは嬉しいことだ。

あ、でも、これってアリなのか？　高校生だぞ、間違いが起きたらどうする。

教師になるのは昔からの夢だった。ここでしくじるわけにはいかない。

とか、色々考えた末、結局電話は諦めた。後日、本人に直接教えればいいだろう。

「西条、昨日は連絡できず、すまんな。わからないところがあったら授業後とかでも聞くし、昼休みでも声かけてくれ」

翌日、一人一人にノートを返している最中、西条にさりげなく伝えてみる。すると、彼女は「あーもういいや、めんどくさいし」と言って、こちらをチラリとも見ずにまた友達の輪に入り、ケラケラと笑い合っていた。


大した手応えもないまま教育実習期間は終わり、俺は残りの大学生活に戻った。教育実習は厳しい現実を目の当たりにしただけで、自信にはつながらなかった。残ったのは、自分はこの先ちゃんと教師としてやっていけるのだろうかという、漠然とした不安。

それと、もう一つ。

西条桃奈のことだった。

彼女はあれ以来、ノートを提出してくることはなかった。

あの電話番号つきのメッセージは、彼女なりに何かを伝えたかったのかもしれない。SOSだったりして。

考えてみれば、勉強なんて興味なさそうな彼女がわざわざ俺を呼び止めて、勉強について質問するなんてことは恥ずかしいことだったのかもしれない。

そんなこと陰キャの歴史オタクの俺にはわからないが、悪いことをしてしまったのだろうか。せめて、他の教師に相談でもしておけばよかった。

［080－］

俺は少し震えながら、番号を打ち込んでみる。大学の同志に自慢でもしてやろうと、記念に彼女のメッセージをカメラロールに残していたのだ。

彼女とどーこーなろうなんて考えていない。教員として正式に働く前の最後のけじめのつもりだった。

『はい』

長引いたコールの末、若い女性の声が答えた。

「あ、俺、原口大輝《だいき》です。小北高の教育実習生だった。西条さんの携帯であってるかな？」

『私、谷ですが』

「へ？」

『小北高なのは、合ってますが、私は西条さんではないです』

突然の知らない番号からの電話にもおっとりとした口調で答える彼女は、確かにギャルの西条とは程遠い。

「そうか……谷、さん。」

『はい。谷カレンです。多分間違えかと』

谷カレン。名簿の中で唯一名前がカタカナだったからよく覚えている。

しかし、実習期間中彼女を教室で見かけたことはなかった。彼女の席は常に空いていたのだ。そういえば、担任から最初の説明でうっすらと聞いていた。「このクラスには登校拒否の生徒がいる」と。

「知ってる。きみ、C組の生徒だよね」

深く考えないまま、俺は話を続けていた。この生徒と少し話してみたいと思った。

『はあ……まぁ……』

「実は、西条のノートにきみの番号が書いてあったんだ」

『そうですか。だったら気にしないでください。揶揄《からか》われてるだけです……。あの人たちのノリ?っていうか、逆に巻き込んですみません』

俺は、なんと返せばいいか頭を巡らせた。目的はよくわからないが、これは西条の仕組んだただの悪戯だったのだろう。だけど、元C組の実習生として、教師として、彼女のために何かしたいと反射的に思った。

「谷さん、俺、C組で日本史を教えていたんだ。もし日本史で聞きたいことあったら、いつでも連絡してよ」

俺にできることといえば、やっぱり歴史を教えることしかない。

『日本史? ほんとですか!』

〝日本史〟と発言した途端、彼女は急に食いつきが良くなり、人が変わったように早口で色々と質問してきた。何時代が詳しいかとか、どんな経緯で歴史を専攻したのかとか、色々。

話を聞くと、谷カレンは中学時代に2・5次元俳優の舞台を見に行ったのがきっかけで、戦国時代に興味を持ち、そこから日本史に目覚めていったという。いわゆる〝歴女〟。俺と同じ歴史オタクだ。なんという偶然。

彼女は高校に入ってからバイトを始め、舞台にもよく出向くようになり、それに関連した歴史グッズを学校でも身につけることが多くなった。おそらくそれが原因で徐々にクラスメイトから煙たがられていったらしい。気がついたら、みんなが自分のことを笑っていて、居場所をなくした、と。どうせ今回の件も、歴史オタクの彼女の電話番号を同じ匂いがしそうな俺とくっつけようとかそういう西条たちの悪ノリだったんだろう。

『私、高校には行けてないけど、意外と活動的なんです。最近は跡地巡りをしたりもしてます。最初は、戦国時代にしか興味がなかったんですけど、次第に明治とか大正とか、日本史全般に興味を持って』

その熱量は、自称歴史オタクの俺を軽く上回っているように感じた。

教員を目指すようになってから、俺にとって歴史はただの科目、仕事道具でしかなくなっていたのだ。

それ以降、彼女の方から週に2、3回、電話がかかって来るようになった。

大体は、歴史についての話だった。顔も知らない生徒だったが、なんだか初めて正式に自分の教え子を持ったみたいで嬉しくてたまらなかった。

『私、決めたんです。大輝先生みたいに日本史の教師になります！』

最初に彼女の電話番号に掛けてから数ヵ月経ったころ、谷カレンは電話越しで心を決めたように言った。

「でも、教師になるには大学で教員免許を取る必要があるんだぞ」

『わかってます。だから私、３年生になったら高校に行こうと思ってます。クラス替えもあるし、前よりも上手くやっていける気がするんです。大輝先生のおかげです、本当にありがとうございます』

もう春が近づいている。

俺も初赴任先の学校で心機一転、頑張らないといけない。

この電話を機に、彼女との連絡は少なくなり、電話が掛かってくることはなくなった。しかし、電話が掛かってこないということは、他に話し相手ができたのだろう。宣言の通り、上手く自分の道を歩めているはずだ。そう願っている。

俺は現在、小北高とは違う場所で、歴史好きの高校教師として、胸を張って誇りを持ちながら働けている。面倒なノート点検はもうやっていないけど、小北高の生徒の真似をしてストーリー仕立ての漫画を描いて配ってみたり、大河ドラマと掛け合わせたり、俺なりに工夫して授業しているつもりだ。

こうやって、堂々と教師をできているのは、その喜びを教えてくれた谷。そして、彼女の電話番号を書いてくれた西条桃奈のおかげかもしれない。

ありがとう、俺の生徒たち。

ところで西条、あのキラキラのペン全部で何本持ってるんだ?

DUG

5

都会の地下に佇む大人のジャズ喫茶

新宿DUG

新宿

新宿靖国通り沿い、ネオンの看板が目印の新宿ＤＵＧは１９６１年から営業している老舗のジャズ喫茶だ。ピカデリーの隣の地下に佇むそこはレトロでジャジーな空間。人通りの多い都会の雑音に疲れてしまったら、ここに逃げ込むのもいいかもしれない。地上からは見えないけれどこの階段を下っていけば、そこには別世界が広がっている。

あれ？　本格的なジャズ喫茶に少し躊躇していますか？

ジャズに詳しくなくても大丈夫。まずは肩の力を抜いて、コーヒー一杯から始めてみましょう。

一人ぼっちだって、大丈夫。

カウンターに座れば、気さくでお茶目なマスターが仲間に入れてくれるはず。

お昼に行けば喫茶店、夜に行けばバーでお酒もいただける。

普段の自分だって忘れて、今の気分に身を任せよう。

この場所の楽しみ方は自分で決めてね。

オトナってそういうものでしょう？

20代前半に仕事を辞めた後、少し遊ぼうと思っていた時期にＤＵＧでバイトを始めたのがきっかけで初代マスターであり父親の中平穂積さんの後、店を継ぐことになったという。

二代目マスターの中平塁さん

気になるなら一歩踏み出してみることだよ

この場所が気になってたけどずっと入るのを躊躇《ためら》っている人もよく聞くね。外からは中が全然見えないしね。

でも、気になったら入ってみなきゃ。入り口で立ち止まっていたら、何も始まらないよ。

入ってみて、合わなかったらそれはそれでいいんだから。

ただ、中に入ったら喜んでくれる人が多いよ。一歩入ったら、ここには異空間が広がってて、やみつきになる人が多いんだよ。最近は女性の一人の方も多いんだ。

今は、ヘッドホンとかイヤホンでもいい音は聴けるかもしれないけど、この空間で音楽を聴くのは、やっぱり一味違うんだよ。温かみっていうのかな。うちはジャズ専門店だけど、もちろんジャズに詳しくなくてもいい。

入る前に、ハードルを上げずに、音をただ楽しんでくれればいいんだから。

気になるなら、やっぱり一歩踏み出す勇気を持つことだよ。

好奇心を持てば会話は楽しめる

カウンターに立ってるとね、本当にいろんな人に会うよ。

一人でジャズを聴きに来た人、デートで来た人、仕事帰りの人……。

本当にいろんな人がくるから、世の中の情報の収集には手を抜かないね。山梨からわざわざ毎週日曜日に来てくれていた人もいたね。その人は有名な歯医者さんで、地元ではどこへ行っても顔を知られていて飲めないから、ここに来てくれていたのかもね。人にはそれぞれここにくる理由がある。

緊張？　あんまりしないな。初対面だからって他人を怖がる必要はないじゃない。もし自分の知らない世界の人なら、シンプルに分からないことを聞けばいいんだよ。それに質問した方が相手も話してくれるしね。相手を知らなくても好奇心を持てば、会話は十分楽しめるよ。

もちろん、一人の時間を楽しみたい人もいると思うから、その人によりけりだけどね。

同じジャズの音楽に身を委ねていても、いろんなことを考えている人がいるから面白いね。

中平さんが好きなメニューは水だしアイスコーヒー。1リットル作るのに6時間もかかるという。バータイムでは、お酒を要望に合わせてなんでも作ってくれるよう

大切だけど、いつも一緒にいなくてもいい

仲間と来るのもいいけれど、一人で来るからこその出会いもあるよね。カウンターで隣り同士になった初めましてのお客さんが仲良くなったりね。

どんなに親密な人がいても、自分の領域をもっていることが、良い人間関係を築くコツじゃないかな。誰か一人や、一つの物事に依存しすぎるのは窮屈だし、クールじゃない。

自分の領域があるから、他人と共有できるものがある。一人でも大丈夫だっていう心構えがあるだけでずいぶん楽になると思うよ。大切だけど、いつも一緒にいなくてもいい。そんな兄弟みたいな関係性はずっと続くから素敵だと思うね。

新宿DUGマスター 中平塁さんに10の質問

Q1 ― 好きなメニューは？
A1 ― 水だしアイスコーヒー

好きな席。ちょっと隠れているし、店内を見渡せるから穴場だという。ここで読書するのもおすすめ

Q2—好きな席は？
A2—カウンターの後ろのテーブル席

Q3—好きな色は？
A3—グレー系

Q4—好きなジャズ音楽は？
A4—ルイ・アームストロング（アメリカのジャズトランペット奏者）
マスターの下の名前「塁」は、ルイ・アームストロングと、初代マスターの好きだった野球の「塁」を掛け合わせたものだという

Q5—好きな天気は？
A5—晴れ
晴れた日にバイクに乗るのがマスターの趣味

Q6—新宿の好きなところは？
A6—いろんな文化が入り混じっているところ

Q7―DUGを訪れるおすすめの時間帯は？

A7―どの時間でもウェルカム

Q8―大人とは？

A8―ジェントリーで、空間を楽しむ余裕のある人

Q9―しあわせを感じるときは？

A9―仕事中はお客さんとおしゃべりをしていい時間を過ごすこと
家では、趣味をしている時間。最近は料理も好き

Q10―今後の新宿DUGの展望は？

A10―変わらずに変わる
昔からの良い部分は変わらないまま、時代の流れにも沿うような お店であること

㋮㋣㋱ 四六時中、自分の耳を塞いでいたイヤホンをとって、ジャズの

流れる空間に身を委ねる。すると、呼吸がだんだんと深くなっていくのが分かる。良質な音楽に包まれていると、張りつめていた心もオフモードに切り替わっている。せわしない日常を送っている大人には、こんな息抜きの時間が必要だろう。

取材中も私のことを「彼女だよ」と従業員に言って驚かせたり、冗談を欠かさないマスターは上手く遊びながら生きる余裕のある大人にみえた。気になるなら、踏み込んで、分からなかったら聞いて、疲れたら休めばいい。完璧じゃないから余裕は生まれる。難しく考える大人になってしまった〝元子供たち〟にはぜひ、こんなシンプルなことをまた思い出してもらいたい。マスターは常連さんの帰り際に、合言葉のように「また明日」と言うらしい。モノじゃなくても、なにかを持って帰ってほしいという願いもこめているという。明日もできれば会えるように。会えなくても、なんとなく明日が楽しみになるように。

店舗情報

新宿DUG

東京都新宿区新宿3-15-12
12:00~23:00
cafe time 12:00~18:30ノーチャージ
bar time 18:30~テーブルチャージ500円

Blue Note
Tokyo

V 優雅な生活

［まーた、担当にガチ恋されたので切りまーす！　プロ意識なさすぎ（笑）さよなら］
ホスト界隈の裏垢に投稿するとすぐに閲覧数が回っていく。
［さすがあーちゃん！　ホストキラーすぎる］
［嘘で草。本当は担当から切られたんだろ。脳内お花畑ｗｗｗ］

はいはい、色々言われますよね〜。叩かれるのは見られている証拠、何を言われても正直小鳥のさえずり程度にしか感じない。

担当とのＬＩＮＥ、シャンパンタワー、ブランドもので固めた洗練されたスタイル。煌びやかで刺激的な投稿を載せるだけで、顔出ししていないのに「ホス狂いあーちゃん」のフォロワーはどんどん増えていき、今では１万人を突破している。

ちなみにさっきの投稿は嘘ではない。

歌舞伎の男たちの中には、あっちから色恋かけてくるくせに、最終的には「ホストやめるから一緒になろう」とか「お金はもう払わなくて良いから、結婚してほしい」とか軽率に言ってきたりするやつもいる。

モデル上がりの整った容姿のおかげだろうか。それとも旦那の稼いでいるお金目的？　担当の顔には気付けば「あなたのヒモになりたいです」と書いてある。

だけど、いくらお金を落とした担当だからって、今の生活を手放してホストと一緒になる気はない。

というか、担当に言われた通り旦那と離婚したら、ホスト遊びは愚か、私生活すら成り立たない。毎月、何ひとつ我慢せず大金を使えるこの優雅な生活から今更質素な生活になんて戻れるはずがない。

旦那の大夢《ひろむ》は、若干28歳でベンチャー企業の社長をしている。大夢とは高校の同級生だった。当時私と彼は、都内の進学校でバスケ部のマネージャーとプレーヤーという関係性だった。私は当時、読者モデルをしていて、きっと学校一可愛かったし、その証拠に成績優秀でイケメンな学年1人気のキャプテンと付き合っていた。それに対して大夢はバスケ部の中でも選抜にも入らない冴えない部員だった。

正直、その頃から考えると大夢がこんなに大物になるなんて思っても見なかった。

「引退試合で選抜に入れたら付き合ってください！」

高2の時、大夢からこう告げられた。結果、大夢は引退試合で活躍することはなかったものの、選抜には辛うじて入った。当時の私は、有言実行する彼になぜか胸を打たれて、すぐにキャプテンの彼氏と別れて大夢と付き合うことにしたのだ。

私の人生において、この選択が大正解だった。有名大学に進学した大夢は、大手企業に数年勤めたあと、起業して事業を始め大金を稼ぐようになった。

「愛ちゃんのおかげだよ。愛ちゃんがいるから、頑張ろうと思えるんだ。これからも愛ちゃんに見合うような男になるから。結婚してください」

始めた事業が成功した際、彼は私にこう言った。もちろん、私は首を大きく縦に振った。

彼は有言実行する男なのだ。それに私のことを愛している。この人についていこう、そう思った。

しかし、私たちが崩れていったのはそれからだ。

地位、お金、そして結婚、全てを手に入れた大夢は、徐々に変わっていってしまった。

それまでは私以外の女なんて興味もなかったはずなのに、大夢はキャバクラ通いや、女遊びを始めるようになった。次第に、私たちは日常会話も減り、休日を一緒に過ごすことは愚か、同じベッドで寝ることもなくなっていった。

そんな日々が続き、私は大夢に対してなんの愛情も感じなくなり、夫婦仲は冷え切っていった。一緒にいる意味は、お金以外に何があるのかわからなかった。

逆に言えば、今の私にあるのは、お金と自由な時間、それだけだ。

まあ、それでもいいんじゃないか。

〝お金と時間〟、世の中の大半の人間が求めているものではないか。いつからか私も、大夢を見習って、「お金と時間」で好き勝手に遊び始めていた。大夢はそのことに対し何も言わなかった。

「私たち、離婚した方がいいのかな?」

いつか大夢に投げかけたことがある。私は、彼と別れればこの優雅な日々を手放すことになるが、彼の方は痛くも痒くもないんじゃないか。

大夢から返ってきたのは意外な言葉だった。

「しなくていいんじゃないかな? 実際さ、こうやってパートナーがいるからお互い羽を伸ばせて遊べてるんだと思うよ。俺もさ、結婚してる方が何かと楽なことが多いんだよ。見え方的に。いいじゃん、僕たち。今のままでさ」

お互い遊んでいるから責めたりしない。私がホストと本気で一緒になる気がないように、大夢もキャバ嬢や他の女と一緒になる気はないようだった。お互い、大人の遊びをしているだけ。

そうやって割り切って、日々過ごしてきた。

そんなある日、ふとFacebookのメッセージアプリを久しぶりに開いてみると田中隼斗《はやと》からメッセージが届いていた。

高校時代付き合っていたバスケ部のキャプテンだ。

［お誕生日おめでとう。最近何してるの？　元気か？］

私の誕生日は7月だ。約3カ月も隼斗のメッセージを放置してしまっていた。というか、まだFacebookにメッセージを送ってくる人なんていたんだ。今年の誕生日は、確か、担当とデートに行って、その時にもらったハイブランドのネックレスとホテルから見える夜景のセットを、ホス狂いあーちゃんのアカウントに投稿したっけ。

［わー！　久しぶり。元気だよ！　全然アプリ開いてなくて、返事めちゃくちゃ遅くなっちゃった］

興味本位で返信してみると、その日に返事がきて、私たちはとんとん拍子で久しぶりに会う約束をした。

指定された新宿のバルは、生ハムが有名でゆったりした大人な空間が広がっている。歌舞伎町も近く、今は切れてしまった担当とも来たことがあった。

「いやー。にしても、めっちゃ一途だよな大夢も。高校の時から付き合ってて結婚とか、お前らくらいしか知らないや。あの時は、大夢を恨んだけど、今は尊敬してるよ。

社長だもんな、アイツ」

当時はモデルにいそうなくらい容姿の整っていた隼斗も、今はその面影が残っていなかった。引き締まっていた身体は二周りは大きくなり、目尻にシワを作り、歳の割にはたるんでみえる。こうみると、大夢の方が断然若く見える。でも、最近大夢の顔を正面から見たのがいつだか思い出せなかった。

「まあ、ぼちぼちね。頑張ってるみたい」

そう答えながら、カクテルをいつもの調子で一気に飲み干してしまいそうになる。手を緩め、生ハムに手をつけた。

「あ、俺さ、実はもうお父さんなんだよ」

「え！」

反射的に生ハムが喉の変なところに突っかかって咽《む》せてしまった。

「おいおい大丈夫かよ。そんな驚くこと？　ほら、お手拭き。店員さーん！　お水ください」

慣れた手つきでおしぼりと水を手配する彼はやはりお父さんという感じだ。

「だって、ほら、Facebookにも何も書いてなかったからさ。びっくりしちゃった」

店員の持ってきた水で落ち着きを取り戻し聞き返すと、彼はスマホの待ち受け画面をこちらに見せた。

時計盤の下で、まだ生後何ヵ月かの赤ちゃんを奥さんが満面の笑みで抱いている。

「うわ〜。なんかめちゃくちゃ幸せそうだね。こういうのSNSにも載せればいいのに」

「いやいや、お前らとは違うからさ。俺は載せるものがないんだよな。お前たちさ、この前も高そうな場所でディナーしてたり、ほら、この大夢の投稿なんてめちゃくちゃ羨ましかったよ」

そう言って、隼斗のSNSの投稿を見せてくる。フレンチにシャンパン、高級寿司、高級車……。もちろん、私のことなんて一切出てこない。

「そういえば、お前らこそ2ショットとか載せないの？　もったいぶらずに、見せてくれよ〜」

2ショットなんてもう何年も撮っていない。

渋っていると、少し酒が進み頬を赤めた隼斗が口を尖らせた。

「なんだよー。恥ずかしがってんのか？　でも、高校時代、俺と別れて正解だったよな。俺なんて、しがないサラリーマンだしよ」

隼斗は実際少しも引け目を感じていなそうな様子で、画面の中の我が子と妻を笑顔で見つめ直している。そんな彼が眩しすぎて、視線をそらした。

よそはよそ、うちはうち。

それぞれ幸せの形は違えど、お互いが満足して家庭を気付けていけばいい。幸せに正解なんてないんだから。そう分かっているのに、隼斗の前では自分の人生を否定されているように感じる。私は間違ってしまったのだろうか。このままじゃダメなのだろうか。

お願いだから、誰か私に本当の正解を教えてほしい。

「あのさ、私この後、予定あるんだよね。今日はこの辺で」

「え、これからってもう22時すぎてるぜ？　しかも割り勘でいいし、おい！　ちょっと」

居ても立ってもいられずに、テーブルに1万円札をおいて突然席を立ち出口へと急ぐ私に、幸せ野郎が戸惑っている。

渦巻く感情を抱えながらも、私は私の居場所へ向かう。いつも見ている歌舞伎町のネオンの光が今日はとんでもなく安っぽく思えてくる。だけど、やっぱりこっちの人工的な輝きの方が私には落ち着くんだ。

最近買ったブランド物のヒールのブーツをコンクリートに叩きつけていく。

まだまだ、酔い足りない。

6

ほどよい放任が生み出す落ち着いた空気

rompercicci

中野

中野駅から徒歩10分、商店と住宅の混在する雑多な街の一画に佇む、ジャズ喫茶rompercicciは、齊藤さん夫婦で営まれている。お店を始めたのは二人が結婚してから5年ほど経ったころ。今は、それから10年ほど経つ。普段は11時から23時までの営業で、3時間ごとに交代で、店番をしているという。

ゆったりとしたジャズが流れる店内を漂う平和で落ち着いた空気は、齊藤さん夫婦の間からも滲み出ているようだ。

初めは寡黙な印象があったが、話してみるとシュールな冗談を言うような性格も兼ね備えた夫の外志雄さん。一方、妻の晶子さんは初対面でも人を和ませる素敵な雰囲気を纏いつつも、どこかサッパリした印象がある。そんな、〝似た者同士〟ではないお二人から、肩肘張らない素敵な日々を過ごすコツを教えてもらおう。

四六時中いられるのは、あんまり向き合いすぎないからかな

外志雄さん（以下、外）会社員だったころからジャズ喫茶を始めたいとは思っていましたが、踏ん切りがついた出来事は11年前の地震（東日本

大震災）かな。会社員のまま死んじゃうかもしれないと思ったら、今しかないって。丁度その頃いい物件も見つかって。今でも大変なことはあるけど自分で全部決められるし、お店を開いたことは全く後悔してないですよ。地震が起きた時、それぞれの勤務先から、お互いに送ったメッセージが私からは「生きてる」で、妻からは、「（家の積み上げた）CDやばい」だったんです。こんな全然性格が違う二人なんだけど、夫婦になって15年、お店では10年以上も一緒に働けてるのは、んーどうしてだろう？

晶子さん（以下、晶）私たち、あまり向き合わないんですよ。開店当初の度々のバトルを経て、自分の思うように相手を変えることはできない！　どうやら本当にお客さんの顔を覚えられないらしい！　受け入れました（笑）。家でも二人、全然違うことしてるしね。

外　そうそう、会社員時代から夕ご飯も一緒には食べてなかった。これ大事。夕飯を一緒に食べない（笑）！　待ったり、つけ麺欲を我慢したり、お互いに合わせすぎる必要はない。

晶　私も最初は、「夕飯の準備はどうかしないで」って言われて驚いたけど、結局はよかった。今はお店をやって家で一緒に夕飯はそもそも無理だけど、居酒屋は好きで休日は一緒に行くね。

ちょっと無愛想くらいが気軽

(晶) 居心地の良さを作るために気をつけていること？　んー、ほどよい放任かな。でもお行儀悪い人にはちゃんと声をかける。内輪ノリみたいなのって、苦手で。そもそもジャズの音量が大きめで、店内でのおしゃべりは控えてもらっているから、合う人合わない人はっきり分かれるかも。

(外) 無愛想なくらいが寄りやすいんじゃないかな。カウンターもお客さんとあまり目が合わない高さ。私自身も店員さんに気を配られすぎるのが嫌なタイプだから。たまに入ってきたお客さんに気がつかないときもあるよ。

(晶) 気づこう（笑）。

一人だったら、全然違う人生だった

(晶) ある程度一人の世界があってばらばらな夫婦なんだけど、一人だったらお店をやることはなかったかも。

外　私も。一人だったらダラダラ会社員やってたかもな……。二人の出会い？　それは、偶然、レンタルビデオ屋さんで二人とも「ノッティングヒルの恋人」を借りようとして手が触れて……。
晶　あ、パターン1。吉祥寺の居酒屋でそれぞれ友達と並んでて、四人で入ると安くなるみたいですよ……というのがパターン2。
外　どっちか使ってください。
晶　思えば結婚も引っ越しからの成り行きだったなあ。
外　そう、タイミングと成り行き。そんなこと今真剣に婚活とかしてる人には軽々しく言えないけど。
晶　今の出会いって、マッチングアプリとかで詳細に相手の条件を絞れたりするんでしょう？　それも面白そうだけど、少し肩の力抜いていた方がタイミングに乗りやすいというのはあるかも。
外　このお店を始めたのも成り行きなところもあるし、あんまりきっちり決め込まなくったって大丈夫。
晶　まあ緻密にやろうとしてもできない質なんです。そこは似ている。

ロンパーチッチ店主　齊藤外志雄さん・晶子さんに10の質問

Q1―好きなメニューは？
A1―外ハイネケン
晶コーヒー

Q2―好きな席は？
A2―外カウンターの一番奥の席（店員から隠れられるから）
晶奥から二つ目のテーブル席（お店の中が見渡せるから）

Q3―好きな天気は？
A3―外晴れ
晶雪

Q4―好きな音楽は？
A4―外ニール・ヤング
晶ピアノトリオ

使っているスピーカー

Q5―好きな色は？

A5―外オレンジ

晶青

Q6―お互いの好きなところは？

A6―外私が酔い潰れても財布と携帯をちゃんと守ってくれるところ

晶なんか面白いところ

Q7―印象に残っているお客さんは？

A7―外ここで書きましたと出来上がった本を持ってきてくれたお客さん

晶さっき子供が生まれましたと居合わせた人にもふるまい酒をしてくれた普段はクールなお客さん

Q8―使っているスピーカーの特徴は？

A8―JBLというメーカー、カリフォルニアの西海岸の音色をイメージされたもの

Q9―お店の名前の由来は?
A9―外よく聞かれるけど、特に意味はない
Q10―中野の魅力は?
A10―外ゆるくて雑多な雰囲気

まとめ　成るように成る。頭では漠然と分かっていても、日々あれこれ考えて計算高く過ごしてしまう。しかし、苦労して考えた計算だって現実と上手くかみ合わなくて、結局気疲れで終わってしまう。そんなことありませんか?　私はよくあります……(笑)。

齊藤さん夫婦のお話を聞いて、将来や今の自分の計算なんてしなくても、素敵な日々は過ごせるのだろうと思った。もっと気楽に、肩ひじ張らずに。

今や、手を伸ばせば星の数ほどの出会いや選択肢がある中で、ただ流れに身を任せ逆に、「選ばない」という選択肢も考えてみてもいいかもしれない。

この日はバレンタインデーで、取材中、向かいの文房具屋さんからチョコレートの贈り物があった。しかし齊藤さん夫婦の方は、定休日だからと特に用意していなかったようだ。

晶子さんは「どうしよう。こんな高そうな。まあでも、今からこれに見合ったもの買えるから買っとかなくてよかった」と方向転換。この日は定休日で、二人はこの後一緒に居酒屋に行こうと計画しているようだったが、その前に一緒にお返しのチョコレートを買いに行こうと話していた。

夕飯は一緒に食べなくても、休日には二人で居酒屋に飲みに行く。途中で良いお返しのチョコが見つかったらいいけど、見つからなくてもそれでもいい。ホワイトデーもあるわけだしね。

そんな〝ゆるい〟お二人は今日も素敵な一日を過ごすことだろう。

店舗情報

rompercicci

ロンパーチッチ
東京都中野区新井1-30-6 第一三富ビル1F
11：00〜23：00 定休日 月曜
instagram @rompercicci twitter @rompercicci

Ⅵ

ブラックてるてる坊主

クラスのみんなが真っ白なてるてる坊主を窓際の紐に括りつけている最中、奈央《なお》は周りにバレないように自分のてるてる坊主をそっとスカートのポケットに詰め込んだ。

「天気になーれ！」

今週末の運動会の開催祈願を込めてみんなでそう唱えたが、奈央は声を発する代わりにもう一度、ポケットの膨らみを確認してみる。大丈夫、みんな自己流のオリジナルてるてる坊主をいかに目立つように窓際にねじ込めるかで精一杯。他の子のことなんて気にしていないだろう。

家に帰ったらすぐにこいつを逆さにして吊るしてやるんだ。今日は金曜日、運動会まではあと2日。時間がない。

「ね～ね～、なおちゃんはどんなのにした？　見せて～！」

同じ班のあかねちゃんが急に話しかけて来て、奈央は焦って目を泳がせた。

「えっとぉ、あれー？　もうどこにつけたかわかんなくなっちゃった」

「え～、残念。じゃあ、あかねの見る？　あかねのってすぐわかるように、似顔絵にしたの！」

そう言って、あかねちゃんはわたしの腕を掴んで窓際まで移動させた。彼女のてるてる坊主はちゃっかりセンターに括り付けられていた。よく見ると、まつ毛がしっかり描かれていて、目の中が少女漫画のようにキラキラと輝いている。

自己肯定感たか～。

奈央は、心の中で呟いた。最近、４つ上の中学1年生の姉の理沙子《りさこ》から教わった言葉だ。中学校では今、この言葉が流行っているらしい。でもまあ、そんなことを小３の同級生に言っても理解するはずもないだろう。

「かわいいね」

そう返しながら、奈央は安堵していた。

あかねちゃんは、自分のてるてる坊主を見せたかっただけ。ポケットに隠したのはバレていないみたいだ。

「でしょ～！　あかねの、かわいいでしょ！」

あかねちゃんは満足気な様子で自己肯定感高めのてるてる坊主を撫でた。

自分のことを名前で呼ぶやつはろくな大人にならないんだからね！

これも、姉からの言葉だ。

帰り道、奈央はいつも一緒に帰っている友達に「習い事があるから」と別れを告げ、なるべく早足で歩いた。今日は公園に寄って鬼ごっこなんてしている暇なんてない。

今週末、どうしたって運動会を開催させてはならない。させてたまるもんか。

奈央は家に着き、自分の部屋に入り真っ先にてるてる坊主をポケットから取り出すと、真っ白なその頭にマジックペンを突き刺した。

少しずつ、インクが滲んで黒に染まっていくその様になんだか悪いことをしている気分になる。9割ほど黒く染まったところで奈央は手を止めた。全部、真っ黒に塗ったらなんだかバチが当たりそうだ。それから、ブラックてるてる坊主を逆さまにしてみる。

「日曜日の天気予報は曇りだから、みんなでてるてる坊主を作りましょう！」と、クラスの先生に提案されてから急に思いついたことだったが、このおまじないはどうするのが正解なのだろうか。黒く塗って、逆さまにもしたら、もしかしたらプラマイゼロになってしまうかもしれない。

奈央は真剣に考えた挙句、やっぱり逆さまに吊ることにした。

いくら黒く塗ったとしても、神様に晴れにしたいと勘違いされても困る。あの、自己肯定感高めのてるてる坊主を含めたクラス全員の純粋な〝念〟に逆らうにはこのくらいした方がいいだろう。

別に、運動会が嫌いなわけじゃない。ただこっちにも譲れない事情がある。クラスのみんなには悪いけど。

奈央はてるてる坊主を吊るし終わると、隣の姉の部屋に忍び込み、机の引き出しからノートを取り出した。ハート柄の秘密のノートだ。

姉の理沙子が部活を終えて帰ってくるまでの間、このノートを覗き見ることは奈央の日課となっていた。

そのノートには、理沙子の恋心が記されていた。奈央は、そこで理沙子に他校の同い年の彼氏ができたことを知った。彼氏の名前は光《ひかる》。二人の出会いは駅の近くの本屋さん。偶然同じ本を手に取ったのがきっかけだ。その流れで一緒にカフェに行き、二人は距離を縮めていった。そしてある日、光の方から告白してきたようだ。そのノートには、光の容姿や、セリフなども緻密に書かれていた。初めて手を繋いだ日のこともあった。その生々しさは、単なる日記というよりも奈央を没入させ、小説を読んでいる気分にさせた。

奈央は、いつしかそのノートの虜になり、同時に顔も見たこともない光にとても惹かれていることに気がついた。光は背が高く、テニス部の爽やかなイケメンらしい。少し照れ屋のくせに、たまに吐くキザなセリフもギャップがあってよかった。しかし、まだ小学生の自分を光みたいな人が女として見てくれるわけもないだろう。初恋の相手が、姉の彼氏なんて……。姉妹というのは、男の趣味まで似てしまうからやっかいだ。叶わないであろう恋に切ない気持ちになりながらも、奈央はノートを盗み見ることをやめられなかった。

3日前の記録で、日曜日、運動会で家族がみんな家を出ているのを見計らって、理沙子が初めて光を家に呼ぶ計画を知った。それだけではない。

［**勉強も終わり二人きりの空間で、見つめあっていると、光くんが急に真剣な顔になる。光くんの顔が徐々に近づいてくる。私はそっと目をつむる。**］

計画の後には、こんな文も付け加えられていた。

理沙子はその日、二人きりなのをいいことに、自分の初恋相手にキスまでしようと企んでいるではないか。これだけはなんとしても阻止しなくてはいけない。

奈央はもう一度そのページを睨みつけると、見たことがバレないようにいつものようにノートを引き出しの中に元通りにしておく。部屋に戻ると、再度窓際に吊されたブラックてるてるに祈りをこめた。

日曜日、目覚めると雲ひとつない青空が広がっていた。

おかしい、あんなにお願いしたのに……。やっぱり逆さまにしたのがいけなかったのかな？　そんなことを考えながら、学校に到着したが、奈央は内心運動会どころではない。それでもプログラムは順調に進み、気づけばもう昼休憩に入っていた。

「お姉ちゃんは？」

卵焼きを両親と頬張りながら、母にそれとなく聞いてみる。

「今日は朝からお勉強だって、ほら、来週テストだから」

「そっか」

許せん。許せん。理沙子は計画通り今ごろ、光と……。

そう考えると、大好きな卵焼きが急に甘ったるく感じた。

「奈央、午後の部も頑張ってね！　お父さん、今日のためにいいカメラ持って来たんだからね」

母の言葉に、父がおにぎりを片手に「撮るぞー！」とカメラをこちらに見せつけてくる。

そういえば、午後の部はダンスだった。そう思った時、奈央の中にパッと光が差した。

「お母さん、どうしよう。私、次のダンスで使うボンボン、練習しようと思って持って帰ってたんだけど、そのままお家に忘れて来ちゃった。ちょっと取りに行ってくる！」

「えっ！　大変じゃない！　間に合うの？　お母さんが取りに行ってこようか？」

「大丈夫、まだお昼休憩始まったばっかだし、ちょっと走って行ってくる！」

心配する両親を横目に、奈央は軽やかに校門を潜り抜け走っていく。学校から家までは徒歩10分程度、少し走れば余裕で午後の部にも間に合うはずだ。

こんないいことを思いつくなら最初からブラックてるてるなんて作らなくてもよかった。

それに、理沙子の彼氏とはいえ光を初めて拝めるかもしれない。


家が見えてくると、奈央は上がった息をならしながら、髪の毛を整えた。緊張しながら玄関へ入ると、子供部屋のある2階へとなるべく足音を立てないように上がっていき、そっと姉の部屋のドアに手をかけ、隙間から覗いてみる。

部屋の中では、理沙子が背を向けて机に熱心に向かっていた。1人で、教科書を広げながら。

「あれ、お姉ちゃん一人?」

呼びかけると、姉は身体をビクつかせこちらに振り向いた。

「わ！　奈央、どうしたの？　運動会は？」

「光くんは？」

そう思わず口にしてしまった瞬間、姉の顔が耳まで真っ赤になっていく。しまった。

「あんた、もしかして見た？」

何も言えずに固まっていると、理沙子の顔つきはどんどん険しくなっていく。

「見たんでしょ。勝手に。最悪、最低……」

「で、でも、私、誰にも言ってないよ」

気がつくと姉は目頭を押さえながら小刻みに震えている。

まさか、今日は彼氏と遊ぶ予定だったのに、その前にもう別れてしまったのだろうか？

自分の作ったブラックてるてる坊主が理沙子と光を別れさせてしまったのかもしれない。

奈央は急に責任を感じた。冷たくなった汗が額からツ――と首元まで流れていく。

「もしかして、お姉ちゃん光くんと別れちゃったの？」

姉は何も言わない。

「お姉ちゃんごめんね、私のせいかもしれない。実は私、ブラックてるてる坊主、作っちゃったの」

そう言った途端、姉の笑い声が静かな部屋に響き渡る。

「は？　ブラックてるてる坊主？　あんたバカじゃないの？　あれは架空の話、全部作り話なんだから」

「へ？」

頭が真っ白になる。

作り話？　ということは、光は存在しない？

「これだから小学生は。なんでもかんでも信じやすいんだから。てか、人のノート勝手に見るとかほんとデリカシーないね。もう！　どっかいってよ！」

姉の方から勢いよく飛んできたハート柄のノートが奈央の膝にぶつかって、床にバサリと落ちていった。

「デリカシー」

姉の語録が新しく奈央の頭に刻み込まれる代わりに、奈央の初恋は小さく消えていった。

7

見える人には見える隠れ家的カフェ

mosha cafe

幡ヶ谷

店主の加藤俊平さん

連載第7回目は、romperciccの店主夫婦に「雨の日の夜、偶然二人でお店に入ったらとても素敵だった」という理由でおススメしていただいた笹塚の隠れ家的カフェに訪れた。地図で住所をしっかり確認していたのに、私は一度お店を通り過ぎてしまった。

草木の生い茂った店先は、お店自体も包み込んでしまいそうな勢いだ。やっとお店の入り口を見つけると扉には『3日間お休み』の張り紙。後日、改めて伺い店主の加藤さんにどうして3日間のお休みだったのかと聞くと、趣味の山登りに行っていたという。

取材のお願いをすると、「いいけど、俺変わり者ですよ」と一言。それに対し「私もモモコグミカンパニーって変わった名前なのでお互い様ですよ」と自虐気味に返すと加藤さんは少しも可笑しそうな顔をしなかった。そんな加藤さんの様子からは、なにかと比べようのないぶれない軸のようなものを感じることができた。

長年一人でお店を営み、よく思い立って一人で自由に遠出をする。一人でも大丈夫だと思えるのはどうしてか。自分軸を大切にする生き方とは?

緑に覆われた店内に身を潜め、オレンジのレトロな照明の下でしっとりと語り合う。

ボーッとしていたら朗報がきた

この店は40年前から純喫茶だったんだけど、30歳のときにこの場所を見つけてお店を始めてから11年続けているんだ。

当時、前職の飲食店を辞めてから、お店を始めたいと思ってずっといい場所を探していたんだけど、なかなか見つからなくて一旦実家に戻ってボーっとしていた。そうしたら、ある日、偶然この場所を友人が教えてくれたんだよ。ラッキーだったね。ここは正式に貸しに出してなかったから不動産に出てなかったんだよ。そりゃ探してもみつからないよね。

それからすぐに迷いもなくこの店を始めたよ。最初の頃は、友達とかが来てゆっくり過ごしてもらえればいいな、くらいに考えていたけど、今思うと結局自分が居心地のいい場所、自分の居場所を作りたかったのかもしれないな。

隠れたいんだよね

店の外の植物は全部自分で植えたものなんだ。全部、実のなる木だよ。

今は、サクランボとか、プルーンとかがある。外は歩道だから、切ったりしないといけないんだけど、本当はもっと生い茂らせて隠れたいんだよね。東京にいない感じがするでしょ。

あと、お客さんもホイホイ寄せ付けないようにね。あんまりいろんな人に見つかりすぎるのもどうかと思うから。看板も主張しすぎないようにしてる。この店は見える人と見えない人がいるみたい。だけど、隠れていても見つけてくれる人がいればいいんだ。見える人には見える。それでいい。

休むことに罪悪感なんて感じなくていい

コロナ前までは朝から晩まで働いていて、自分の食事だってままならないこともあったよ。だけど、コロナ禍になってから自分のペースを優先するようになったんだ。辛い状況になると、もっと頑張らないと、とか思う人が多いかもしれないけど、俺はその逆の考えになった。風向きがよくないときはいくらもがいても仕方ない。長い目で見るのがいいよ。まじめにやって上手くいかなかったら落ち込むけど、頑張りすぎず粘りすぎずの方が案外うまくいかなくたって暗くならずに済むから。我慢ば

かりはよくない。仕事を休むことに罪悪感なんて感じなくていいんだ。趣味の山登りも仕事のためなんて思ってないよ、自分の好きでただやってるだけ。今の自分は今しかいないから、自分の好きな場所にいくべきだ。身体が動くうちにね。

モシャカフェ店主　加藤俊平さんに10の質問

Q１―お店の名前の由来は？
A１―天パだから学生の時「モシャ」とあだ名をつけられたことがあって気に入ったから

Q２―好きなメニューは？
A２―ランチのタコライス。カフェメニューもランチのご飯も豊富で全て手作り

Q３―オススメの席は？
A３―換気扇の近くの席。隠れられるから

取材時に出していただいたアイスカフェラテとガトーショコラ

Q4―好きな天気は?
A4―雨も雷も台風も好き。嫌いな天気はないね

Q5―好きな色は?
A5―青

Q6―好きな音楽は?
A6―Cocco

Q7―好きな時間帯は?
A7―閉店後の店内で一人ご飯を食べてるとき

Q8―休日は何をしてますか?
A8―趣味の山登り、日本の百名山を制覇するのが目標

Q9―子供のころの夢は?
A9―なかったな

Q10 ― お店のこだわり

A10 ― お店にある本や流れている音楽は全てお客さんが持ってきたもの。意外とお客さん参加型のお店かもしれないね

まとめ　「どこか遠くに行きたい」

別に特定の行きたい場所があるわけではない。ただ、ここではないどこか。

もしかしたら、あなたも思ったことがあるかもしれない。けれど、自分が本当に行きたい場所が分かっている人はどれくらいいるのだろうか。

毎日をせわしなく過ごしていると、気づけばどんどん荷物ばかり多くなっていく。しかしそれは、本当に自分が欲しくて手に入れたものだろうか。みんなが持っているから、誰かとの競争に打ち勝つため、人から押し付けられてしまったもの。そんなものも中にはあるだろう。

「遠くに行きたい」と漠然と思うのは、今いる場所から物理的にどこかに行きたいからではなく、そんな日々蓄積されてしまった自分の中の捨てられない荷物から離れたいからなのかもしれない。しかし、それらを

手放すのは勇気がいることだ。だから私たちはそれらを捨てる代わりに「どこか遠くに行きたい」という言葉に今日も想いを馳せている。

　行きたい場所が分からなければ、見たい風景が分からなければそれを実際目の当たりにすることも難しい。自分の好きなように生きるのには、まずは自分の好きな生き方を知ることから始まるのだろう。そしてそれは、足並み揃えたレースの最中では見つからない可能性もある。全てを手放さなくてもいい、ただ一時的にボーっとして視点を変えてみるだけでもいい。

　そうすると、ほら。遠くの手の届かない理想郷は、ただ見過ごしてしまっているだけで案外近くに見つかるかもしれない。

店舗情報

mosha cafe

モシャカフェ
東京都渋谷区幡ヶ谷3-37-10　不定休
現在はランチタイムメインで営業中（11時30分〜夕方くらいまで）
喫煙可

Ⅶ

嘘じゃない、おまじない

うるさい、うるさい、うるさい。

真っ暗な部屋に、スマホのバイブレーションが鳴り響く。

眠たい目をこすりながら、振動する画面を確認した。

夜中の1時半。

ディレクターの古沢さんから連絡だ。この時間ならどうせまた、交通事故か何かだろう。

重い身体をベッドから引き剥がし、すぐに寝巻きから外に出られる格好へ着替えると、スマホを片手にリビングへと移動する。準備を終えると、奈央は必要最低限の荷物を持って車に乗り込んだ。

現場の取材リポーターになってから、2年とちょっと。夜中の緊急招集にはもう慣れたつもりだったが、毎回憂鬱な気持ちになる。

赤信号で止まり、ふとバックミラー越しの自分と目が合った。

急いでした化粧で隠しきれなかったクマがいつもより濃く見える。

ふと、スマホをBluetoothで繋ぎ、プレイリストをシャッフルで流していた車のスピーカーから、懐かしいアイドルグループの音楽が聞こえてきた。これ、流行ってたのいつくらいだっけ？　小学生くらいだったかな。ああ、あの頃に戻りたい。

夜中に呼び出されたって、朝の出勤時間が変わるわけでもない。

いつまでこんな生活が続くのだろうか。

最近、そんなことばかり考えている気がする。


現場へ着くと、トラックの横でフロントガラスの割れた車が横転していた。

こんな事故現場を見ても、もう何も感じなくなってしまった自分が怖い。

当事者や、警察、カメラマン、その場にいる全員からのストレスや苛立ちが体中に突き刺さってくる。

「お、やっときたか。これ、明日の朝のネタにするから、頼むよ」

古沢さんに状況をざっくり説明され、渡されたヘルメットを装着した。

11月も半ばだが、思っていた以上に寒い。急いで出てきたから、ヒートテックを仕込んでくるのを忘れてしまった。うっすらと冷たい小雨も降ってきている。キンキンに冷えたヘルメットに触れた指先を両手で擦り合わせた。

「ふざけんなよ！　俺は見せものかよ！」

おそらく当事者であろう運転手から、自分たち報道陣に対しての怒鳴り声が聞こえてくる。はあ、怒鳴りたいのは、こっちの方だ。こんな夜中に事故を起こされて。

奈央は拳を握りしめて感情を堪えた。


やっと現場が落ち着くと、自分の車に戻って一息ついた。

今日はこの後も、テレビ局で作業がある。リポーターは現地リポートだけが仕事ではないことを知って最初は驚いたけど、仕方のないことだ。

途中、コンビニに寄って買ったブラックコーヒーを空っぽの胃に流し込むと、不意に吐き気が襲ってくる。

そういえば、最近ろくに食べれていない。


姉のように働けたらどんなによかったか、奈央はたまに羨ましく思う。

姉の理沙子は、専業主婦をしながら在宅で好きな時間に働いている。

今は一児の母で、息子の慧《けい》ちゃんは今年4歳になる。

理沙子は、家庭に入り子育てが落ち着いてきてから本格的に小説家として活動を始め、年に2冊ほどのペースで本を出している。小説家と言ってもライトノベル専門だ。

彼女の文章力と妄想力は昔からよく知っている。

奈央にとって、小学3年生の時に起きた光くん事件はその後の人格形成に大きく影響を与えられた出来事だった。

忘れもしない、運動会のあの日。

姉の書いた小説もどきのノートに出てくる男の子に初恋を奪われ、そんなやつはいないと一掃された。

その事件があってから、奈央は自分がどこか冷めた現実主義の人間になっていった気がするのだ。

例えば、てるてる坊主とか、少女漫画に出てくるような男の子に一切幻想を抱かなくなった。

リポーターは、もともとアナウンサー志望というパターンが多いが、奈央は進んでその道を選んだ。真実を現場でそのまま伝えるというところに魅力を感じたからだ。

理沙子とは、あの事件直後から仲が悪くなったが、大人になってからはそれも笑い飛ばせる関係になっていた。慧ちゃんが生まれてから、よく家に遊びにいくようになったのも大きいだろう。


久々の休日に、奈央の足は自然と理沙子の家に向かっていた。自宅から2駅ほどしか離れていないし、自分に懐いている慧ちゃんもいるし、何より美味しいご飯もある。

「ねぇ、ちょっと休めば？」

理沙子は数週間ぶりに会う奈央を見るなり心配そうに尋ねた。

「休む？　って？」

奈央の頭にハテナマークが浮かぶ。

「ちょっと限界なんじゃない？　今の奈央、本当に酷い顔してるよ。どれだけ忙しくても頑張れば休めるでしょ。例えば、精神科に行って診断書もらうとかさ。最近、夫の会社で忙しすぎて鬱になっちゃった人がいて、あんたも心配」

「休む、ねえ……」

休むなんて、そんなこと考えたこともなかった。でも最近本当に身体が重くて仕方ない。上手く寝付けないことがあるのも事実だった。

「まあ、いつかね」

奈央は、そう言って力なく笑った。


「なおちゃーん!!　遊びに行こう！」

さっきまでアニメに夢中だった慧ちゃんが、足元に抱きついてきた。以前、会った時よりもまた大きくなっている気がする。

「こらこら、おもちゃのお片付けは？　それに奈央ちゃん疲れてるんだから、また今度ね」

理沙子が、慧ちゃんを奈央の足から引き剥がす。そんな理沙子の顔にもうっすらクマができている。子育てと、執筆の両立も大変なのだろう。前にも、「今月までには原稿書き終えなきゃいけないのに、慧がいるとそれどころじゃなくて。幼稚園のない日だと書くのは大体夜中になってしまう」と漏らしていたのを思い出した。

「いいよ。私、散歩がてら夕方くらいまでどっか遊びに連れて行くよ。ちょうど、外の空気吸いたかったし」

それを聞いた慧ちゃんの顔はパッと明るくなり、奈央の服の袖を掴んで玄関の方へ引っ張っていく。よっぽど外に遊びに行きたかったのだろう。

「そう？　じゃあ、お願いしようかな」

理沙子が申し訳なさそうに言った。

「慧、わがまま言っちゃだめだからね！」

理沙子がそう諭すと、慧ちゃんは「はあい」といかにも子供らしく従順な返事をする。それからすぐに外に飛び出して行ったから、奈央も慌てて後を追いかけた。

公園に着くと、慧ちゃんは砂場で遊び始め、奈央は側のベンチに座ってその姿を見守ることにした。

ちょうどお昼時だからか、他に遊んでいる子供は少ない。

ベンチに座りながら、近くの自販機で買ったミネラルウォーターを一口飲む。

あれ、水ってこんなに美味しかったっけ？　細胞が喜んでいるのを感じつつ、奈央は空を見上げた。雲ひとつない快晴。こんな風に空を眺めるのなんていつぶりだろう。

無邪気に駆け回る犬と、砂遊びに夢中な慧ちゃん。奈央はただゆっくりと流れる時間になんだか感動した。


「なおちゃん、なんでお仕事、疲れてるの？」

しばらくして、砂遊びに飽きた慧ちゃんがこちらに語りかけてきた。

慧ちゃんの手は砂だらけで、奥の砂場には小さな山ができている。

「なんでって、お仕事は大変なものなんだよ。慧ちゃんは今のうちにいっぱい遊んどきなね」

仕事のことなんて思い出したくなかったけど、精一杯の笑顔を作って慧ちゃんの頭を撫でた。

だけどその答えに、慧ちゃんは納得いかない様子だ。

「でも、ママはいつもお仕事楽しいって言ってるよ。僕よりお仕事の方が好きみたい。だから、僕も楽しい仕事するんだもん」

くっ、生意気な。好きなことをそのまま仕事にできている理沙子とは違うんだ。私だって自分の好きな時間に好きなことをして働きたい。

Ⅶ　嘘じゃない、おまじない

「慧ちゃんは将来何屋さんになるのかなあ?」

頭に血が昇ってきそうになりながら、奈央はそう言って慧ちゃんの曇りのない目を覗いてみる。

「僕はね、大きくなったら、みゆき先生と結婚するの!」

慧ちゃんは、そう言ってより一層目を輝かせた。みゆき先生って、幼稚園の先生だろうか。

「んー、それはちょっと難しいんじゃないかなー。年が離れすぎてるし、叶わぬ恋は辛いよ~」

それを聞いた慧ちゃんは、ほっぺたを膨らませて奈央から離れていってしまった。いけない、幼稚園の子供相手に勢いで正論を発してしまった。

奈央の頭の中で自己嫌悪の渦がまく。

職業病だろうか。いつからこんな面白みのない大人になってしまったのだろう。

やっぱりきっかけは理沙子のあのノートに違いない。


気がつくと、慧ちゃんは奥の草むらにしゃがんだまままうつむいている。奈央は心配になり、そばに駆け寄った。

「おーい慧ちゃん、何してるの?」

そう呼びかけても、なかなか顔を上げてくれない。

さっきの言葉にショックを受けて泣いているのかもしれない。

奈央は焦りながら、慧ちゃんの肩に触れる。すると、予想に反して彼は顔を上げて満面の笑みで右の拳をこちらに差し出した。

「ん？」

訳がわからず戸惑っていると、慧ちゃんは拳をそっと開いた。

そこには、少し萎れたクローバーが一本あった。

「みゆき先生が四つ葉のクローバーは願い事が叶うって教えてくれたんだ。本当はみゆき先生にあげようと思ったけど、これ、なおちゃんにあげる！」

「ええ、もったいないよ。みゆき先生にあげなくていいの？」

慧ちゃんが必死に探したものだ。奈央はなんだか申し訳ない気持ちになった。

それに、おまじないとか、そんなものは信用できないし……。

「僕さっきね、なおちゃんがお仕事疲れませんようにっておまじないかけちゃったの。だからこれはなおちゃんの！　なおちゃんが元気なら、ママも喜ぶから！」

奈央は慧ちゃんの手のひらから汗と砂のついた四つ葉のクローバーを受け取った。

それを手に取ると、胸がじんわりと温まっていき目頭が熱くなっていく。これは、慧ちゃんのおまじないのせいだろうか。

おまじない、もう一度少しだけ、信じてみようかな。

奈央は手のひらに乗ったクローバーを優しく握り締めた。

8

雄大な自然を堪能できる高原の特等席

霧ケ峰 富士見台

長野県諏訪市

山登り好きのモシャカフェ店主・加藤さんに触発され、長野県諏訪市標高1700m霧ヶ峰富士見台にある創業53年のドライブインにお邪魔しました。

長野県上諏訪駅から車で約40分、霧ヶ峰中心部から白樺湖方面に下ったところで車をとめて外に出て深呼吸。天気は晴れ。都心ではなかなか感じられない清々しいしい空気と空の広さが存分に感じられる。

雄大な景色の中で何やら美味しそうなものがありそうなお店を発見。

中に入ると、売店の奥にレストランが併設されている。メニューはデ

オーナーの木川泉さん

ザートから軽食まで幅広そうだ。

気さくな店員さんに案内され、美しい自然の景色を堪能できる特等席で一休み。

店内は平日にも関わらず観光客でにぎわっている。ここに来る人々は、一体どんなことを求めてここの景色を見に来るのだろう。

『木』『川』と来たらそこには『泉』がある、と父親から名付けられたという、まさに自然に愛された本名を持つ。今年で69歳。初めましてなのに、どうしてか昔からよく知っている関係のような話しやすい空気を纏った気さくなオーナーさん。

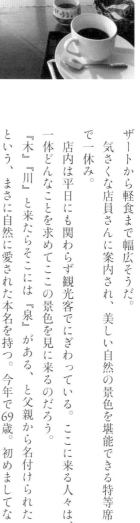

ここは景色も水も天下一品

ここは本当にいい場所だよ。景色も水も天下一品。コーヒーも美味しいでしょう。

お店は父がこの場所に創業してから53年経つよ。自分もここで生まれ育った。でも、50年前に一度東京に出たんだ。それから5年くらい東京で過ごした。だけど、やっぱりこの場所に戻ってきて父の跡取りとして働き始めたんだ。東京は仕事をしたり、遊んだりするにはいいかもしれ

窓からは八ヶ岳連方、富士山、南アルプス、
中央アルプス、北アルプスが一望できる

いただいたコーヒーとミルクケーキ

ないけど、長く生活することを考えたらここが一番だと思ったんだ。四季の顔を持っている素晴らしい高原。全国行ったことがあるけどやっぱりここの自然が一番だと思うね。

自然にありのままで

うちにはリピーターのお客さんが沢山いるんだ。

前に、日本航空の機長さんが仕事でよくこっちにくることがあって、その際はうちに必ず寄ってくれていたんだよ。そのうちに親しくなってここの景色を空から見た話を聞いたり、自然の話をしたりしたね。いつも一人で来てくれてたね。今考えると、責任感のある大変な仕事をしているから息抜きにきていたんじゃないかな。

僕も含めて従業員はみんなお客さんとのコミュニケーションは大切にしていて、会話をよくしているね。

人って話をするとお互い別の世界が知れるじゃない。

若いときはけっこうカッコつけたりしてたけど、だんだん歳を重ねていくうちにカッコつけずにありのままでさらけ出すことが大切になってきてるって実感するね。

オススメの席

おすすめのメニュー。テレビでも取材されたことのある自慢の五平餅

父親は93歳になるんだけど、今でも家から30分もかけてお昼ご飯だけ食べに車で登ってくることもあるんだよ。ここにくるだけで気分が優れるからって。

僕は動けなくなるまでここで働きたいと思っているよ。ここにはとにかく最高の景色と大好きな人たちが沢山いる。

窓の縁を額みたいにしてここから見える景色を一枚の絵画みたいに一望できるようにするのが夢なんだ。

霧ケ峰富士見台店主　木川泉さんに10の質問

Q1—『富士見台』という地名の由来は？
A1—富士山がメインに見えるからと父親がつけたもの
Q2—おすすめのメニューは？
A2—五平餅とそば、ソフトクリームもおすすめ
Q3—オススメの席は？
A3—角の席。景色を一望できるから

Q4―好きな天気は？
A4―カラッと晴れた暑い日。やる気がみなぎるから
Q5―一日のうちで好きな時間帯は？
A5―家族と晩酌する時間
Q6―好きな色は？
A6―深い青
Q7―休日は何してる？
A7―仲間達とゴルフやカラオケ
Q8―ルーティーンにしていることは？
A8―朝ご飯をしっかり食べること。パワーの源
Q9―山登りで大切なことは？
A9―自然は最高の癒しですが、とってもデリケートなので優しく

店内に飾ってあるポストカード、夏はニッコウキスゲの花が咲いている

触れ合うこと

Q10 ― 霧ヶ峰にくる際におすすめの季節は？

A10 ― 春夏秋冬、それぞれの顔がある飽きない高原。特に好きなのは夏かな

まとめ　都心から離れた、自然で囲まれたこの場所に、日々の喧騒を逃れて一人きりになって落ち着きたいという理由で訪れる人は沢山いるだろう。私もこの場所を訪れる際にそんなことを心のどこかで思っていた。けれど、取材が終わった後、私はすぐにスマートフォンで撮った美しい景色の写真を両親に送っていた。それくらい独り占めするにはあまりにも素晴らしい景色だったのだ。生きているうちに自分の見た景色を、同じように生きている誰かと共有しあうことがコミュニケーションの醍醐味なんだと気付かされた。

取材中、少しも謙遜することなく、自分の生きる場所を終始誇らしげに語る木川さんからはこの土地への愛がひしひしと伝わってきた。果たして、私は「自分のいる場所が一番だ」、そう胸を張って生きていられ

ていろだろうか。そうなれたらいいと思った。

道中の山道は険しかったが、それでもこの景色を見に行けて、ここにいる人と触れ合うことができてよかった。そう心から思える場所だった。

ここまで読んでくれたあなたも寒い冬が終わった頃、天気のいい日に機会があればぜひこの場所を訪れてほしいと思う。店員さんたちは雄大な高原のような広い心で、あなたのことも温かく迎え入れてくれるはず。

四季折々、山の天気は変わりやすい。次、訪れたときはどんな顔をした高原を見られるのだろう。そして、どんな大切な人を思い浮かべるのだろう。

店舗情報

霧ヶ峰　富士見台

長野県諏訪市大字四賀7718-8
9:30~16:30
定休日なし（天気の悪い日は休み）
12月~3月は天気の良い週末のみ営業

Ⅷ

10 数えるうちに

「綺麗でしょう？　ブルーオパールっていうんですよ。数年前、ここに泊まりにきてくださったお客様が偶然、ジュエリーデザイナーっていうやつでしてね。それから、ご縁があって特別に置いてもらっているんですよ。この街の雰囲気にぴったりだって」

チェックインを待っている間、お土産コーナーを何気なく眺めていると、おそらく80歳近い老人が声をかけてきた。半纏を来ているからこの旅館の主人だろう。

皺だらけの年季の入った顔は、瞳の奥にきらりと英気を宿している。

「はぁ」と力なく返事をすると、主人はにこりと笑って目元の皺をより深くした。

よく見ると、ブルーオパールのコーナーには【大切な人へ】と書かれたポップが置いてある。

「天然石なんですよ。この透き通るような瑞々しい碧色。こちらの小ぶりのピアスとか、記念に奥様にどうでしょう？」

「奥様」という言葉を聞いただけで、雅志《まさし》は背骨あたりに電流が流れたように感じた。


チェックインが済み、案内された和室に入り荷物を置く。

前日に予約したばかりの小さな宿だが、値段の割にはしっかりとしている。

一人では広すぎる室内、あたりは静まり返っていて窓からの景色もいい。雲隠れするには最適だろう。

「お客様はどちらからお越しですか？」

部屋まで案内してくれた、着物をしっかりと着込んだ女将が律儀に正座をしながらこちらに尋ねる。お土産ショップにいた老人より、少し若そうに見える。

「東京です」と答えたが、雅志に世間話なんてする気力はなかった。世間話は愚か、今は誰とも話したくない気分だ。

「そうですか。こちらは観光など何もない場所ですが、澄んだ空気と自然が自慢です。この部屋からは近くの湖畔も一望できますので、ぜひご堪能くださいませ」

窓の外を眺めると、確かに湖畔が一望できた。寒空の下、遮るものもなく堂々と山々の麓に構えている湖は、海のごとくどこまでも続いているようだ。

この湖と空が溶け合えば、確かにブルーオパールのような碧が出来上がりそうだ。

「綺麗ですね、海みたいだ」

雅志は独り言のように呟いた。

「確かに、海みたいに見えますね」

女将はそう言って、物静かに微笑んだ。

「もしよろしければ、湖畔を散歩してみるのはどうでしょう？　今の時期だと少し寒いかもしれませんが、まだお夕食まで時間もありますし」

「いいですね」

湖を眺めながらそう小さく返すと、女将は立ち上がり部屋から去っていった。

雅志はその姿を確認した後、窓を少し開けてみた。塩っ気のなく、ひやりと澄み切った風が部屋の中へと吹き込んでくる。

雅志はもう少し近くで湖を見たくなった。

今日は酒でも買ってきて部屋でじっとしているつもりだったが、女将が言うように少し散歩でもしに行こうか。

そう考えながら、雅志は左手の薬指を撫でた。いっそのこと外してくればよかったが、30年以上つけているこの金属の外し方なんて、もう思い出せない。


「もう、あなたには何も期待しない」

「ああ、勝手にすればいい」

これが最後の夫婦の会話だった。

次の日、朝起きると離婚届と結婚指輪がダイニングテーブルに置いてあった。ご丁寧に記入用のペンまで置いて。

長い結婚生活で幾度となく喧嘩もあったがこんなことは初めてだった。

正直、妻だけは何をしても自分から離れることはないと高を括っていた。

しかし、喧嘩した直後に離婚届が用意されているなんて、妻が前々から離婚を考えていたとしか思えない。


雅志は厚手のコートを身に纏い、外に繰り出した。

観光地として栄えているわけではない街だからか、人っ子一人いない。

都心から離れすぎない場所だが、すごく遠くまで来たようだ。

独り立ちした大学生の娘にも見放され、一人きりの家にも耐えきれず、逃げるようにこの街にきたのだ。

雅志は途中コンビニで買ったワンカップを一口飲むと、白い息を吐いた。

１００％自分に落ち度があるのはわかっている。

だけど、ただ魔が刺しただけ。それはわかって欲しかった。ちょっとした火遊びくらい許してくれよ。

ワンカップを手に持ちながら、雅志はそばのガードレールに腰をかけた。

きっかけはコロナ禍で通い始めたピアノ教室だった。娘が習っていたピアノがリビングでただの置き物になっていたから、ちょうどいいと思って始めたのだ。

その教室で知り合った女性講師と食事に行った帰りに、一緒に手を繋いで歩いているのをバイト帰りの娘に見られてしまった。

その日は、レッスンが終わった後にご飯に行く流れになり、お酒も入り少し開放的な気分になってしまっていたのだ。それに、講師の方もこちらを拒むことはしなかった。

帰宅すると娘の朱里《あかり》から［最低］［気持ち悪い］とだけメッセージが来ていた。

何事かと思ってすぐに連絡を返したが、返事は来なかった。

リビングに入ると妻に「何してたの?」と険しい顔で聞かれ、「教室のみんなとご飯に行ってきたよ」と返した。

二人でと言ったら、ややこしくなるだろうと思ったからだ。優しい嘘のつもりだった。

しかし、それを聞いた妻の顔はより険しくなった。

「そんなこと言って、本当は若い女と二人だったんでしょ。朱里から聞いたわ」

何も言えなかった。

「いいですね、あなたは。楽しそうで」

その言葉を聞いて、ついカチンときてしまった。

「お前の方が結婚してからずっと楽して、俺がいなかったら生きてこれたか？」

気がついたらこんなことを口にしていた。

今まで家族のために仕事を頑張ってきた。自分で手に入れた地位、金。そのために犠牲にしてきたこともたくさんある。家族に苦労させたことなど一度もない。女性からの誘いがあっても断って、家族一筋に真面目にやってきたつもりだ。

しかし、その後も口論は止まず、挙げ句の果てに妻はスマートフォンを見せるように要求してきた。講師との親しげなメッセージのやり取りを見た妻は、目くじらを立てて「これは浮気だ」と言って聞かなかった。

別に、浮気なんかじゃない。

前にも何度か、彼女と食事に行ったことがある。教室の他の生徒と何人かの時も、二人きりの時もあった。だけど、本当にそれだけだ。

浮ついた気持ちがなかったかと言われれば嘘になるかもしれない。だけど、相手は28歳。いくらなんでもそんな若い女性に本気になんてならない。

近くの古びた自販機の隣のゴミ箱に空き瓶を放り込むと、雅志はガードレールから腰をあげた。朱里だってなんだ。今まで手塩にかけて育ててきた一人娘だというのに。ただワンシーンを見ただけで【気持ち悪い】だなんて。きっと妻にも話を大袈裟にして伝えたに違いない。女はこうだから困る。

あと、5年もすれば俺も定年だ。朱里もやっと自立して、これからあの広い家で二人きりで過ごしていこうと思っている矢先に。雅志は苛立ちと共に、湖畔の方へ歩きを進めていった。

その途中、並んだ待機中のアヒルのボートを見つけた。

朱里がうんと小さい頃、週末に家族で公園に行ってよく乗っていたなと懐かしく思う。

ボートが二人乗りだったから、「ママと二人で乗ってきていいよ」と言うと、「パパとがいい」と鬱陶しいほどベタベタしてきた。あんなに可愛かった娘に拒絶されるなんて。

「あのー、乗りますか――?」

立ち止まってボートを眺めていると若い青年がこちらに声を張り上げた。

雅志は右手を顔の前で振ると、逃げるように湖畔の周りを歩き進めていく。

夕暮れに差し掛かった湖の眺めは、寒さも忘れるほど美しいものだ。

雅志は、スマートフォンのカメラを向けた。

この素晴らしい景色を誰かに見せたい。

しかし、今の自分にそれを共有できる相手はいない。

そのことに気がつくと、せっかくの目の前の景色が色褪せていくのを感じた。この後、旅館に帰って用意されている夕食もきっと味気ないものになるだろう。

景色や料理ばかりではない。これからの残りの人生も。そんな気がした。

昔は、妻は子育て、俺も家族を養うために仕事に必死だった。だけど、そんな苦労を吹き飛ばすくらい、朱里を挟んで三人で手を繋いで歩くのが何より幸せだった。

忘れてしまっていた。自分が家族を持つことで犠牲にしてきたものは、その手を離さないようにするため、ただそれだけだったんだ。

俺は人生を鮮やかに彩ってくれていた、かけがえの無い宝物を知らず知らずのうちに自分の手で振り解いてしまっていたのだろう。

もう、二度とその手を繋ぐことはないのだろうか。雅志はやりきれない気持ちになった。

そういえば、最後に妻に触れたのはいつだったか。

「イエスなら、10数えるうちに答えて。無理なら何も言わずに帰っていいから」

プロポーズの言葉はこうだった。背伸びしたレストランで、緊張しながら返事を待った。

最後の1秒で妻は「イエス」と口にしてくれた。

その答えをもらって、当時の俺は舞い上がっていただけだった。

しかし、その九つの間に妻は何を考えていたのだろう。

彼女なりに迷いもあったのだろう。今まで考えたこともなかった。

大学時代に出会った帰国子女の妻は、その経験を活かして、海外就職が夢だと語っていたのも知っていた。しかし、自分との将来のためにそのまま日本に留まってくれたのだ。

結婚して専業主婦になって以来、妻の口から海外という言葉が出ることはなかった。夢を諦め、俺についてくると決めた時どんな思いがしていたんだろう。

大学卒業後、すぐに家庭に入った彼女が本当の意味で羽を伸ばせたことなんてあっただろうか。


雅志は、旅館に戻ると用意された食事を横目に荷物をまとめ始めた。

一人で味のない料理を食べている場合じゃない。

荷物を持ちフロントに事情を話すと、雅志は最初に見たお土産ショップに寄った。

それから、ブルーオパールのピアスを手に取り、レジへ持って行く。

「贈り物ですか?」

主人が奥の銀歯をチラリと見せながら尋ね、雅志は「まあ、そうです」と頷いた。

「そうですか、そうですか。ベタですがね、女性にはやっぱり贈り物がいいですよ。あと素直に謝ること。男のできることはそれだけだな」

そう言って主人は、「ハッハッハッ!」と乾いた声で笑った。

最寄りの無人駅へと急いだが、時刻表を見ると電車が来るまであと20分もあった。

雅志は缶コーヒーを買うと、ホームのベンチに座って何をするでもなく、ただしばらく時間をやり過ごした。

やっぱり自分以外に人はいないみたいだ。どの生き物も呼吸をやめてしまったように、シンとしている。コーヒー缶を開けてみたが、なんだか口をつける気にはなれなかった。雅志はコートのポケットに手を入れて、スマートフォンを何度か撫でた。この機械だけが今の自分と世界を繋いでくれている。

雅志はそれを取り出すと画面を光らせ、今一番声を聞きたい人をタップして耳に当てた。

長いコールの音が鳴り止むのを確認すると、緊張しながら声を発した。

「もしもし」

しかし、いくら待ってもあちらからの反応はない。

雅志は心配になり、スマートフォンを離し画面を確認したが、通話時間は1秒1秒着実に進んでいっている。きっとまだ怒っているんだろう。無理もない。

「あの……渡したいものがあるんだ。すごく綺麗な石のついたピアス。ブルーオパールっていうんだ。さっき店で見つけて君にぴったりだと思って。よかったらもらってくれないか。これからは、今までできなかったこと、なんでもしよう。海外旅行にも行こう。フィンランドかどこかに行って、オーロラも見に行こう。これで何もかもチャラにしたいなんて思っていない。ただ……」

雅志はここでもう一度、息を吸い込んだ。

「ただ、一人にしないでくれ」

返事はない。

電話越しの冷え切った空気を感じた。ああ、もうダメかもしれない。

彼女を傷つけたのは事実だ。もちろん、今回のことだけではないはずだ。もうこれ以上言っても仕方ないかもしれない。浅はかだった。だけど、これで終わるわけにもいかない。

「もう一度だけチャンスをください。君がいなくて、何もできないのは俺の方だった。よくわかったよ。俺が悪かった」

雅志は縋るように言葉を搾り出した。

「また一緒にいてくれるなら、10数えるうちに返事をしてくれ。無理ならなにも言わずに電話を切ってくれていいから」

やっぱり、待つのなんて俺らしくない。

「10、9、8、7、6」

反応のない中、雅志の情けない声だけが人気のないホームに響く。

「5、4、3」

カウントの間隔は次第にゆっくりになっていく。

「2」

その時、耳元で息継ぎのような音が聞こえた気がしたが、ホームのアナウンスに紛れてよくわからない。

「1」

『残念』

ふと、雅志の左耳に懐かしい声が届いた。

『私、ピアス開けてないのよ。本当に、何にも知らないんだから』

やっぱり俺は、まだ妻のことなんて全然わかっていないみたいだ。

生き急いで、気が付かずに見過ごしてきたことばかりなのだろう。

雅志は電話を切ると、到着した電車に乗り込んだ。

予定より5分遅れての到着だった。

だけど、いくら遅れたって構わない。

最終的に、彼女のいる場所に着くことができるのならば。

9

澄み切った空気、風通しのいい喫茶店

クラシック

北海道函館市

函館駅についたら、市電に乗り換える。
夏真っ盛りの8月半ば。しかし、東京とは違って車内には冷房は効いていない。その代わり、開け放たれた車窓からほんのり海の匂いのする風が吹き込んでくる。
6駅目の谷地頭駅にて下車。
地上に降りるとまず、広い空、濃い緑の山々が目に入ってくる。澄み切った空気を胸いっぱいに吸い込み、深呼吸。この場所には、自然を遮るようなものが一切ないようだ。

店主の近藤さん夫妻

店並みを数十秒歩いていくとおしゃれな建物を発見。

今回の訪問先、『クラシック』だ。

看板は出ていないが、扉には喫茶店の象徴であるコーヒーカップが描かれている。

店内に入ると、カウンターの奥で作業中の男性と端の席で編み物をしている女性がそれぞれの手を止めて、こちらに笑顔を向けてきてくれる。

「よくここまで来てくれました」

今回お話を伺う、近藤さん夫妻だ。

事前に連絡をとっていたのは、夫の伸さんだったため、ナチュラルにお店に溶け込んでいた妻の裕紀さんを最初、お客さんだと勘違いしてしまった。

そのことを伝えると、裕紀さんは「まあ、私は編み物してるだけだしね」と親密な笑顔で答えてくれる。短い前髪と、赤いワンピースがよく似合っている。

カウンターには縫いかけの手編みの靴下がある。裕紀さんは、自身で注文を受けて靴下を手編みしているのだという。

店内は奥行きがあり、手前にカウンター席、奥にテーブル席が広がっている。

市電の中と同様、冷房はついていない。それでも、少し開かれた扉から入ってくる風がエアコンよりも心地良い風を送ってくれる。

席につき、プリンとアイスコーヒーを注文する。

少し硬さのあるプリンは甘さ控えめの生クリームとよく合い、さっぱりとしたアイスコーヒーは旅の疲れを癒してくれる。

プリンは、元料理人の夫の伸さん考案で全て函館のもので作られているようだ。

お店に強いこだわりを持つ伸さん、対照的に「私は何もしてない」と一歩引いたゆるい雰囲気の妻の裕紀さんは仲睦まじそうだ。風通しの良い店内で、美味しいプリンをいただきながら、まずは二人のなれそめやお店を始めたきっかけから聞いてみよう。

実は、お試しで付き合ってみた

意外にも二人の出会いは東京なのだという。

伸さん（以下、Ⓢ）僕は東京出身で、19歳からずっとお店をやっていて、自然が好きでずっと地方で暮らしたいという夢があったんだ。函館は奥さんの出身地なんだよ。

裕紀さん（以下、Ⓨ）　上京して、仕事をしていて、偶然行ったお店で働いていたのが彼だったんです。彼がお客さんの私に声を掛けてきてくれたんだけど、当時私は32歳で彼は26歳、妹より年下なんだって思って。正直、恋愛対象には見れなかった。だから最初は断ったの。

Ⓢ　そう、実は一回振られていて……。

Ⓨ　でも、また後日お店とは別の場所で偶然会って、そっからお試しで付き合ってみたんだよね。まあ、いっかって（笑）。

東京は、諦める理由が見つからない

Ⓢ　それから3カ月でもう結婚して、函館でお店を開いた。始まりは、お試しだったのに、かれこれ今年で12年も一緒にいるね。

とんとん拍子？　そうかもね。でも、付き合って別れるのも、結婚して別れるもの大して変わらないと思うタイプなんだ。

Ⓨ　東京にいると沢山の出会いも選択肢もあるから、決めるのが難しいよね。

「これが欲しい！」と思ったら、いくらでも探せるし、底がない感じがする。諦める理由が見つからないというか。だから、なかなかスパッと決められない。でも、ダメだったら別れればいい、ダメになったときに考えればいいって思う。実は、彼と出会う前に私は身体が危険な状態になったことがあって……。その時、人生って案外あっさり終わってしまうかもしれないと思ったの。だったら、悩んでる時間はもったいない、やりたいことはやっちゃおうって考えになったんだよね。

思い描いていた大人

裕紀さんが過去の写真を見せてくれた。今とは全然違う、黒髪のロングヘアだったり、体型が全然違ったり、どれも別人に見えて驚いた。流れるようにそのときを生きる裕紀さんと一貫した信念を持った伸さん、一体どんな大人に憧れていたのだろう。

Ⓢ 僕は子供の頃から、目標が明確にあってそれに突き進むって感じ。自分で舵をとる、流されないタイプかな。今も手に職をつけて、地方に暮らすっていう夢を実現してるし。

Ⓨ 私は、思い描いていた大人とは違うかな。私は今、45歳だけど、45歳ってもっと大人だと思ってた。地元に戻って喫茶店をまさかやってるとは考えてなかったし。でも、食べれているからいいじゃんって感じか

好きな席

な。真逆なタイプだね。

Ⓢ そうだね。僕はアウトドアが好きで、山登りもよくする。だけど、一緒に二人でそれをやろうとはならないよね。無理に自分の好きなことを共有しないっていうか。お互いの好きを押し付けないのは長続きの秘訣かもなあ。この街は、みんなが顔見知りで仲が良さそうに見えるかもしれないけれど、合わない人だってもちろんいる。そんな人たちとは、割り切って接すればいい、無理して合わせることはしないよ。

クラシック店主 近藤伸さん・裕紀さんに10の質問

Q1―好きなメニューは？
A1―Ⓢコーヒー
Ⓨコーヒー

Q2―好きな席は？
A2―Ⓢお店の真ん中の席
Ⓨお店の真ん中の席　隠れられる席。こっそりできるから

好きな音楽。伸さんが
店内でよく流している
音楽haruka nakamura

Q3 ― 好きな天気は？

A3 ― Ⓢ雪
Ⓨ薄曇り

Q4 ― 好きな音楽は？

A4 ― Ⓢゆったりした音楽
Ⓨ何でも聴く（特に好きなアーティストもいない）

Q5 ― 店名『クラシック』の由来は？

A5 ― Ⓢクラシック＝古いモノもの＝ちょっとほっとするものという連想から。日常に馴染むお店にしたい、お店があることでシック（上質）なクラシ（暮らし）をという願いも含まれている

Q6 ― 好きな色は？

A6 ― Ⓢ黄色
Ⓢピンク

Q7 ― 接客で心がけていることは？

A7 ― Ⓢこちらから話しかけない、放っておくこと

Ⓢお客さん扱いしすぎず、自然体で接する

Q8 ― リラックスするためにしていることは？

A8 ― Ⓢ毎日のように海に夕焼けを見に行く

Ⓢ週一回温泉に行く

Q9 ― 函館の好きなところは？

A9 ― Ⓢ海も山もあるところ

Ⓢ少し影があるところ

Q10 ― これから楽しみなことはなんですか？

A10 ― Ⓢ未来の全部が楽しみ。生きながら映画を見ているような気持ち

Ⓢ自分がどんなおばあちゃんになるのか楽しみ

まとめ　信念やこだわりを強く持っている夫の伸さん、流れるように生きる妻の裕紀さん。どちらの生き方も幸せで自由な人生を歩んでいるように見えた。お二人は仲良く寄り添ってはいるけど、お互い寄りかかっていない、そんな印象がした。そんな空気感はこの雄大な土地で、のびのびと生きているこの街の人々にも、もしかした共通している部分かもしれない。

澄み切った空気、美味しい食、海、山、暖かい人、静かな愛……。この街に足りないものなんてないだろう。とても満たされているように思えた。都会の方が何でもあるはずなのに、不思議だった。

東京には、沢山の人やモノ、どこまでも理想を突き詰められる無限の可能性がある。しかし、私たちの人生は有限だ。そんな当たり前の事実も麻痺してしまっていたことに気づく。理想を追い続けることが人生を短くしている可能性もある。

夢があっても、なくてもいい。なにかに流されてもいい。けれど、その渦中で怖がって目瞑ってしまわないこと。自分で舵をとっても、流れるように生きても、結果同じ場所に行きつくこともあるだろう。

目の前に起きたことを自分にとって意味のあるものとして受け止めること。

そんなことが〝風通しの良い〟人生の秘訣かもしれない。
広すぎる空の下で、そんなことを考えた。

店舗情報

クラシック

北海道函館市谷地頭町25-20
11：30〜21：00 LO　定休日　火曜、最終水曜日
https://classic-hakodate.jimdofree.com/
Instagram @classic_hakodate

［裕紀さんの編み物］Instagram @my_little_knit_products

Ⅸ

散らない花びら

土曜日の昼下がり、人混みを歩いていると反対側から見知らぬ男性がこちらに向かって笑顔で口を動かしていた。

ドキッとしながら、イヤホンを外してみる。

「でさー、お前さー」

様子を伺うが、その人とは目の焦点が合わない。よく見ると、彼はワイヤレスイヤホンを耳につけ、ハンズフリーで誰かと通話しているだけだった。私ではなく、きっとこの人の大切な誰かと。

雑踏の中で電話しても許されるような、気を許した相手なのだろう。

いいな、私にもそんなふうにいつでも気兼ねなく電話できる相手が欲しい。昔はそんな人がいたが今はいない。

今はその人に電話はおろか、メッセージを送ることも許されないのだ。

男性の親しみのある表情は、どこかあの人に似ていた。

虚しい思いを抱えながら、陽菜《ひな》は本来の目的である百貨店へと視点を移し、お目当てのブランドアクセサリーがずらりと並んだ一階に足を踏み入れる。ショーケースの中には、薄ピンクの春めいた新作アクセサリーがお高そうに並んでいる。3月14日ホワイトデー、しかも土曜日。周りを見渡すと予想通り、カップルだらけだ。平日の夜にでも行けたらマシだったかもしれないが、新入社員で先輩からの仕事をこなすのに精一杯なうえに、残業も多い。陽菜が仕事終わりにここまで足を運ぶ時間などなかった。

自分と同世代くらいの若いカップルは、隣で指輪のショーケースを覗き込んでいる。婚約でもするのだろうか？　アクセサリーを前にキラキラしているはずの陽菜の視界にうっすら翳りが宿る。女一人、よりによってホワイトデーにブランドもののアクセサリーを品定めしているのなんて、このフロアで自分くらいだろう。さっさと買って帰りたい気分だが、アクセサリーならなんでもいいわけではない。季節感のあるもの、そしてブランドものという条件は外せないのだ。陽菜は、時間をかけて、かろうじて手に届きそうな値段の桜の花びらのネックレスを選んだ。

翌日の日曜日、陽菜は箱の中から昨日買ったネックレスを取り出すと、それに合わせた精一杯のおしゃれとメイクをして中目黒のカフェに向かった。あの人と、最初のデートで行った思い出のカフェだ。3月15日、今日じゃないといけない。

午後2時に差し掛かった店内は、すでに賑わっていたが、なんとか並ばずに入ることができた。

席に案内されると、陽菜はホットコーとカフェラテを一杯ずつ頼んだ。

「後からお連れ様が来られるなら、お連れ様分はその時にお出ししましょうか？」

若い女性店員が元気に返してくる。

「いえ、一人なので。最初から二杯ともお願いします」

キッパリそう伝えると、店員は少し不思議そうな顔をして、「かしこまりました」と去っていった。

あの店員は、大学生だろうか？　そんなに自分と年齢が変わらなそうだが、その肌の血色の良さや瞳の輝きは自分にはないものだった。彼女は自分と違って、大好きな人と幸せな恋をしているのだろうか。いつの間にか、幸せそうな人を見るだけでこんなことまで考えしまうのが癖付いてしまった。

でも、彼女がどんなに素敵な恋をしていたって、拓人《たくと》よりいい男なはずはないだろう。絶対に拓人にまた微笑んでもらうんだ。私だけを、その黒々とした瞳に映してもらうんだ。

陽菜は賑わう店内でそっと奥歯を噛み締めた。

拓人は2年前、大学3年生の頃に付き合っていた彼氏だ。当時彼は3つ上の社会人。友達に連れられて参加した合コンで知り合い、すぐに付き合うことになった。拓人は背が180センチ近くあり、低い声や角ばった骨格は男らしいのに、一本一本すらりと伸びた手指と上品な声が魅力的で、仕事もバリバリこなす欠点の無い男だった。

女子の中では高身長な陽菜でも、拓人といる時は思い切り女の子になれたし、まさに理想の相手だった。交際は約1年半ほど続いた。その間陽菜は、就職活動にも身が入り、おしゃれにも気を遣うようになって垢抜けた。彼と付き合ってから、何人か言い寄ってくる同級生もいたが、拓人と比べるとみんな幼稚に見えた。それは今でも変わらない。就職先の仕事はきつめだったが、あと何年かしたら拓人と結婚する。そうしたら、こんな職場にこだわる必要もないだろう。そう考えて、仕事も頑張れていたのだ。

そんな風に、二人の将来を考えていた最中、突然彼に別れを告げられたのだ。忘れもしない去年の6月——。

「こちら、ホットコーヒーとカフェラテになります。こちらのラテは、季節限定で桜の花びらのアートになっております！」

先ほどの店員が、陽菜の目の前にコーヒーを2つテーブルに並べて置いた。

店員がいなくなると、陽菜はコーヒーを向かいの席へ離して置いた。それから、手元の桜の花びらのラテアートを画面に映しながら、向かいのコーヒーカップも見切れるように撮影した。その画像をインスタグラムのストーリーに投稿する。

誰かと来ていると思わせるためのテクニックだ。拓人には、一人でも充実した毎日を送っているように見せないといけない。これは、SAYURIからの助言だ。

投稿が終わると、二枚目の撮影に移る。今度は、自分の顔と、胸元の昨日買ったネックレスが一緒に映るように。その画像には、懐かしい場所に来ましたと書き加えて投稿する。ブランドもののネックレスは、異性にプレゼントしてもらったものだと意中の相手に思わせ、焦らせて、こちらに行動を促すためのテクニック。これも、SAYURIからの助言だ。

拓人と別れてから、しつこく連絡したことが原因で、LINEや電話、全ての連絡手段を断たれてしまった。陽菜には、まだかろうじて繋がっているインスタグラムしかアピール方法はなかった。

二枚目の投稿も終えると、陽菜は用無しになった桜の花びらのラテアートを躊躇なくかき混ぜた。

なにが、「季節限定」だよ。私にはまだ、春なんて来ていない。秋も冬も。拓人と別れた去年の夏から、ずっと時間は止まったままだ。

どこで間違った?

どこで階段を踏み外してしまったのだろう。

別れた直後、そう思えば思うほど、仕事は手につかなくなり、生活は荒んでいった。

そんな時に、SNSで知り合ったのが「復縁占い師SAYURI」だった。

彼女は、主に電話で拓人の相談に乗ってくれた。周囲にこんな相談をできる相手もいなかった陽菜は、すぐに彼女にのめり込んでいった。SAYURIは、いつも陽菜のことを励まし、気持ちを落ち着かせてくれた。

しかし、気がついたら、使っていた有休も終わり、たった一週間で1カ月分の給料の半分が消えていた。それから仕方なく、陽菜は会社に復帰していった。どんなに仕事で忙しくしていても、拓人への思いは和らぐことはなく、SAYURIとの関係も途切れることはなかった。仕事終わりや休日の電話相談は日課になり、もはや陽菜はSAYURIとの電話のために働いているようなものだった。

今日、3月15日は一粒万倍日、天赦日といって何かを始めるにはもってこいの日。天が味方になってくれる最強開運日だとSAYURIが教えてくれた。そして、この日に二人の思い出の場所に行ってアピールするのがいいとアドバイスをもらったのだ。そうすれば、彼の方から連絡が来る、と。


陽菜はSAYURIを信じて、拓人からのアクションをじっと待った。

カフェラテを飲み、一緒に頼んだコーヒーも飲み干し、お腹が空いてカレーとオレンジジュースのセットも頼んだ。それも食べ終わってしまった。

お手洗いから戻ると、店内の客足は引き、外は暗くなっていた。もう、かれこれ4時間近くも滞在していた。見渡すと店内には陽菜と、男女二人の一組のみ。急に寂しさが押し寄せてくる。

携帯に、拓人からの連絡もなかった。

「どうして……」

今日は最強開運日なんでしょ。今まで頑張ったことが報われるって、そう期待してわざわざ奮発してネックレスまで買ったのに。

陽菜は、勇気を出して拓人のインスタグラムのアカウントをチェックしようと思いついた。日頃、SAYURIに決して見てはいけないと口酸っぱく言われていたので、拓人のSNSは開かないようにしてきた。SNSをチェックすることで今までの努力が水の泡になり、彼がどんどん遠のいていく、と。

しかし、もう我慢の限界だ。

こんなに彼を大切に思っている私を放置して、拓人は一体何をしているんだろう。

意を決して、拓人のアカウントを開いた瞬間、陽菜はギョッとした。

婚姻届の上にリングが3つ重ねられた画像が目に入ったのだ。

今年の1月1日、入籍を報告する投稿だった。

陽菜は全身に鳥肌が立ち、震えが止まらなくなる。

SAYURIには拓人のSNSのアカウントも教えていたはずだ。もしかして、彼女はこの投稿のことを知っていて、頑なに拓人のアカウントを開かせなかったのではないか。そんな疑念が湧いてくる。SAYURIはこのことが伝われば、もう自分から金を取れないと思ったのではないか。それなら辻褄が合ってくる。

許せない、許せない。


拓人に対するやり切れない想いは、徐々にSAYURIに対しての怒りに変わっていった。

『陽菜さん、どうかなさいましたか?』

電話越しでSAYURIのいつもと変わらない澄ました声が耳元に響き、ただでさえ荒ぶっている神経が逆撫でられる。

「どうかなさいましたか? じゃ、ねーよ」

『陽菜さん? どうか、お気を確かに』

「あのさあ、拓人結婚してるじゃん。知ってたんでしょ。どうして教えてくれなかったんですか?」

事実を言葉にすることで、呼吸がどんどん荒くなっていく。

『陽菜さん、一旦、落ち着きましょう。東の方角に向かってこれから私の言うことを唱えてみてください』

「ああもう、うるさい！　黙って！　とにかく質問に答えて。拓人のこと、知ってたんでしょう？」

『……』

ＳＡＹＵＲＩは言葉に詰まって返す言葉がないようだ。やっぱり騙されたんだ。陽菜の中で疑念が確信に変わっていく。

どうしてこんな正体もわからない女に大金を注いでしまったのか。

後悔と自分の不甲斐なさ、ＳＡＹＵＲＩへの怒りで押し潰されそうになる。

「お金、返してください。返してくれないなら訴えますから！　絶対に、絶対に!!」

陽菜は次第に感情に歯止めが効かなくなり、声を荒げた。

「お客様！　他のお客様もいらっしゃるのでお静かに」

その時、最初にカフェラテを運んできた女性店員が慌てて唇に人差し指を当てて注意しにやって来た。しかし、こちらと目が合うと黙って表情を歪ませた。

今の自分は涙と鼻水でひどいことになっているだろうから、無理もないだろう。

いつの間にか、電話は切られていた。陽菜はすぐに掛け直したが、ツーツーとただ電子音が流れるだけだ。

もう、何も力が入らない。相手が既婚者になったのも知らずに一人でおしゃれをして、思い出のカフェにまで行って、お金だけむしり取られて……。過去に戻れるなら戻りたい。SAYURIに使ったお金が戻ってこなくても、これまでの彼に関する記憶を消すことができたならどれだけいいだろうか。

だらしなくソファーに身を任せていると、誰かがテーブルの上にマグカップを置いたのが横目に見えた。

「ホットココアです。これ飲むとすごく落ち着きますよ。もちろんサービスです」

見上げると、さっきの店員がそう言い残し、バツが悪そうにはにかんで去っていった。

陽菜は、それを一口含んで飲み込んだ。

正直、味なんてわからなかった。だけど、食道を通るその液体が温かいことだけはわかった。

「ココア、ありがとうございました」

会計時に陽菜が小声で付け加えると、女性店員はほんの少し微笑んだ。

「いえいえ、とんでもないです」

その笑顔は、なんだかさっき飲んだココアの温かさと似ていた。

「あの」

陽菜は、ふと思い出して自分の首元に手をかけた。

「もしよければ、これもらってくれませんか？」

そう言って花びらのネックレスを店員に差し出した。

「え、そんな……」

彼女は困って両手のひらをこちらに向けた。

「本当に、いいんです。お願いします」

苦しいから、こんなのつけていても。だから、お願いします。

陽菜は、その手を引っ込めなかった。

しかし、彼女が一向にもらってくれない。

「捨てようと思ってたんで」

「ええ！　もったいないですよ！」

彼女は、陽菜の言葉に驚いた様子で差し出された手のひらを優しく突き返した。

「この、花びらの素敵なネックレス、お姉さんにとってもお似合いです。捨てる必要なんて、ないですよ。これからもつけてあげてください。まだ、春も始まったばかりですし」

その時、陽菜の中で止まっていた季節がかすかに動き出した気がした。

限定のラテアートも、咲誇る花びらも、その季節が過ぎれば跡形もなく消えていってしまう。だけど、このネックレスみたいに散らない花びらだってどこかにあるのかもしれない。

そんな花びらを一枚一枚拾い上げて集めたら、いつか一輪の花になるのだろうか。

「また、ご来店お待ちしています！」

背中に彼女の声が聞こえたが、陽菜は振り返ることはしなかった。

喫茶

10

海辺にいるように過ごす自由なひととき

喫茶 うろひびこ

吉祥寺

冬の訪れを感じる11月半ば、吉祥寺駅から徒歩10分、喧騒を離れた静かな通りに佇む、『喫茶うろひびこ』を訪れました。

早速、扉をあけてみよう。

店内は、青い壁紙で統一感があり爽やかな雰囲気。なんだか海辺を散歩に来たような気持ちになる。

18歳からバンドでギターボーカルをしたのが音楽活動の起点。バンド解散以降はソロのシンガーソングライターとして弾き語りをしている。お店の店主の傍ら、現在も活動中。

耳心地の良い透き通るような歌声を褒めると、「歌っているときは性格よく見えてるかもね」と照れ笑い。

人生の約半分を歌と共にしているアライさんと人生を軽やかに生きる秘訣について考えてみよう。

アコギと歌でどこにでも行ける

元々はバンドがしたかったから、バンド休止後、実はソロは嫌々始めました。25歳くらいから。だけど、一人っ子で人と合わせるのが苦手だ

取材時に出していただいたカフェオレとプリン。プリンはSNSでも話題になったことのある人気メニュー。常連のおじいちゃんもお気に入りで一皿を3分でぺろりと食べておかわりをよくせがまれたという

店主のアライヨウコさん

ったから、案外性にあっていたのかも。一人の方が人と予定を合わせなくていいし、どこでも行けるし。

ライブハウスはもちろん、飲食店とかどこでもやってた。歌、音楽を媒介にしていろんな人と出会えたり、いろんな場所に行けるのが楽しかったですね。

ライブで全国各地に行っていた時も、入り時間とライブ本番までの間に喫茶店によく足を運びました。そこで「今日、何歌おうかなー」って考えたり、「どんなお客さん来るかなー」って想いを巡らせたり。

困ったときは困った自分がどうにかしてくれる

ずっと音楽中心で、並行してバイトもやっていたんだけど、コロナで働いていた飲食店での仕事がお休みになってしまいました。『喫茶うろひびこ』を始めたのは、2021年の4月。コロナ禍の時、いい物件がたまたま見つかったのがきっかけです。

喫茶店は、「絶対やりたい!!!」っていうか、「喫茶店、やるのもありだよな～」って感じで。元々、「夢だった！」って感じではないですね。音楽もお店も、自分の経験が活かせたりすることをやっているだけなん

です。

半分、勢いで始めました。コロナ禍だったのでテイクアウトのみにしたり、お客さんを一人だけに制限したり初めの方は色々工夫しながらね。

お客さんが来ないときは暇だったけど、ミシンをやったり、絵を描いたりとか一人で楽観的にやってました。困ったときは、困った自分がどうにかしてくれるかなと思っていて重く受け止めずに。

コロナ禍でお客さんが少なかったからって悪い事ばっかりじゃないんです。

そのときに「店と客」じゃなくて、「人と人」の関係性になれたお客さんもいるなと思っています。

私は早くから父親を亡くしたりしていて、死んだら何もできないんだな、とよく思っています。

お店を始める時だって、お店がダメでもバイトすれば稼げるからなんとかなるだろうなって。働くことはやろうと思えばどこでもできるから。意外と生活って、ちょっとのお金と健康があればできるからね。

別にいいじゃない、ため息つくくらい

店内に飾ってある、アライさんの描いた絵

お店の中に青が多くて海みたい？　確かに私自身、海は好きかもしれない。海って我関せずみたいな広さがあるし、潮の満ち引きって人間の心象風景と似てるなって思うんですよね。

うちに来てくれたお客さんには「好きに過ごして」って思いますね（笑）。とにかくボーッとするだけでもいいし。本当に、海辺に来ているような気持ちで自由に過ごしてほしいです。

「ため息つくと幸せが逃げる」っていうけど、別にいいじゃないか、ため息つくくらいいって思いますね。

なんかモヤモヤすることってあるじゃないですか。そんなとき、ちょっと一筋の風がフッと吹き込むだけで気分って変わりますよ。別に解決しなくてもいいし、いつも笑っていなくてもいいんですよ。潮が満ちたら引いていくのが自然の摂理だし、いつも同じ気分でいる必要なんてないじゃないですか。

喫茶うろひびこ店主　アライヨウコさんに10の質問

Q１―好きなメニューは？

A１―潮騒ブレンド

好きな席

好きなメニュー

Q2―好きな席は？
A2―窓際の一人席

Q3―店名の由来は？
A3―造語を作った

Q4―好きな音楽、本は？
A4―COWPERS、Naht、キース・ジャレット

Q5―好きな天気と時間帯は？
A5―小雨／夕日が沈む頃

Q6―好きな色は？
A6―前は青が好きだったけど、最近はピンク

Q7―吉祥寺の好きなところは？
A7―良くも悪くも村っぽいところ

店内にある音楽プレーヤー

Q8 ― 毎日の息抜きは？
A8 ― 晩御飯食べながらNCIS（海外の連続ドラマ）を見ること
Q9 ― 憧れの人は？
A9 ― 多くを語らない、職人気質な人。お隣にいた寿司屋の大将みたいな
Q10 ― これから楽しみなことは？
A10 ― 犬を飼うこと

㋮㋣㋱ 〝持たない〟ためには、自分の中に芯が必要だ。アライさんのお話を聞いてそう思った。

私はどこに行くにも荷物が多めになってしまう。荷物の重さは、突然の風に吹き飛ばされてまうかもと言った不安な気持ちの現れだろう。なにかを持つことは、もちろん悪いことではない。だけど、持ちすぎるとそれらは錘《おもり》となり、自分自身を縛り付けてしまうだろう。

例えどこかに飛ばされてしまっても、そこでどうにかすればいい。そう思えたら荷物は自ずと減っていくかもしれない。しかし、軽やかに生きることは憧れるが誰でもできることではない。

私たちは日々、感情に揺れ動かされ、様々な物事に悩む。手放せないものばかり増えていく。

けれど、それでもいい。悲しいときは悲しみ、怒るときは怒る、迷うときはとことん迷う。そんなことを繰り返して、もうダメだと思っていても、まあなんとか生きている。そんな一つ一つの積み重ねがきっと自分の中の錘を芯となるお守りに変えていけるはずだ。

店舗情報

喫茶 うろひびこ

東京都武蔵野市吉祥寺東町1-3-3 ユニアス武蔵野1F
平日12時~21時 土日祝12時~18時
定休日 水木、不定休あり
Intragram @kissa_urohibiko

「おモテになってる」って何それ？　バカにしてるの？　真剣に結婚したいから、わざわざ相談所まで入ってあなたと会っているのに。

梨花《りか》は向かいに座るスーツ姿の男性の顔にバツ印を頭の中でつけた。

あとで仲人を通してお断りの連絡を入れよう。プロフィールの条件もいいし、期待していたのに残念だ。


梨花が相談所に入会したのは、去年の5月、29歳の誕生日を少し過ぎた頃だ。相談所に入って成婚したという大学時代からの親友・紗夏《さな》から、入会するなら絶対20代のうちがいいという話を聞いたのだ。それに、紹介があると入会料が割引になる、と。

梨花は最初、相談所の話を持ち出してきた彼女に怒りすら覚えた。

大学時代は、ミスコンに出場したこともあり、容姿には自信がある。人並みに恋愛もしてきた。いつも関係を深めていくうちに相手の欠点が一つでも見えてしまうとお別れしてきた。前の彼は旅行に行った時に、ホテルがちゃんと取れてなくて一気に冷めたんだっけ。

女ばかりの職場で出会いが一向にないのも事実だった。かといって、今流行りのアプリなんて使いたくない。あんなところに自分に見合うような相手がいるとは思えない。

「じゃあ、どうするの？　もう元彼と別れて1年でしょ？」

相談所の話に首を縦に振らない梨花に紗夏は、追い討ちをかける。

「別に、今は仕事が楽しいから。いいの」

「まーたそんなこと言って。相談所は、条件で絞れるからいいよ。男性も嘘つけないし。結婚したいんでしょ？　梨花みたいな子は、相談所が合ってると思うよ」

梨花は普段、アパレルの契約社員として働いている。20代女性向けの駅ナカのショッピングビルでアルバイトスタッフと一緒に店頭に積極的に出ることも多い。

仕事にはやりがいも感じているし、楽しい。しかし、最近は周りのスタッフが20代前半の子ばかりで肩身の狭い思いをしているのも事実だ。


これから、どうしていけばいいんだろう。

いつまでも若い子と一緒に働いている場合ではないのかもしれない。自分はどこにいるべきなんだろう。

仕事か、結婚か、そのどちらもか。来年30歳になると考えると、そんな強迫観念に似たものが襲ってくる。もちろん、結婚が幸せとも限らない。だけど、こうやって友人の幸せそうな結婚報告を聞くと、やっぱり結婚＝幸せの方程式が梨花の中で完成しつつあった。

梨花は家に帰って少し考えたあと、紗夏に相談所の紹介を受ける連絡を入れた。

割引があるとはいえ、まあまあの出費だ。それでも、20代最後の有益な投資と思えばいいだろう。

入会から1年経った。その間、何十人もお見合いをしてきた。

だけど、結局梨花はその中の誰ともうまくいかなかった。いい線の人も何人かはいた。けれど、デートを重ねると、みんなどこかしら気になるところが見えてくるのだ。

梨花は、昼休みに入るとバックヤードのトイレの個室で先日顔合わせをした「おモテになる」の男性の断りの連絡を仲人へ送るか、このまま仮交際に進むか考えていた。

「田城さんってすごく綺麗だよね」

後輩のアルバイト二人組の声が聞こえてきた。化粧直しでもしにきたのだろう。

梨花は、個室の中で頷いた。そう、私は綺麗だ。ミスコンに出たこともあるんだから。

「そうだよね、全然、30歳に見えないよね」

嬉しいけど、まだ30じゃない。来月の5月の誕生日まで、まだあと1カ月と10日もある。

「なのに、どうして結婚できないんだろうね」

結婚できないんじゃない。自分に見合う男性がいないから、結婚〝してない〟だけだ。

グッとこめかみ辺りが疼いてくるのがわかる。

「それがさ！　この前噂で聞いたんだけど、田城さん結婚相談所入ってるらしいよ」

「え、結婚相談所って何？　お見合い的な？」

身体が一気に硬直して血の気が引いていく。

相談所の話をしているのは、同期の美穂だけだ。口止めしていたわけじゃないけど、こんなのあんまりだ。信じていたのに。

「まあ、そうだね」

「うわー。今時お見合い？」

「ね。結構必死だよね。いくら綺麗でも、私はああはなりたくないな。売れ残りってやつ？」

「うんうん、わかるー。今のうちに、選ばれる女になりたいよね」

もう、我慢できない。

梨花は個室の扉を開くと、静かに二人の間に立った。

鏡越しの梨花に驚いて、二人は口をあんぐりと開けている。

「あのねえ、私は選ばれてるんじゃないの。選んでるのよ。あなたたちみたいにホイホイそこらへんの適当な男と付き合わないわけ。人の噂話してるくらいなら、さっさと売上あげなさいよ？」

そう言って、勢いよくドアを閉めた。

あーすっきりした。だけど、このあとどんな顔をして彼女たちと一緒のフロアで働けばいいのだろう。

でも、私は間違ってない。何も、間違っていない。

そう言い聞かせながらも、足取りは重いままフロアへと続く廊下を歩いていく。

それから梨花は、トイレで打ち込んだ仲人へのお断りのメッセージを消して、仮交際申込の文字を打ち込んだ。まだ一回しか会ってないし、一言引っかかっただけで見切りをつけるのは早いのかもしれない。

やっぱり、そろそろ身を固めた方がいいのだろう。あの子たちが言っていたみたいに、「売れ残り」になる前に。

それにもう、こんな窮屈な思いなんてしていたくないし、途方もないお見合いからも解放されたい。

送信ボタンを押そうとしたその時、仲人からメールが届いた。

中身を開けてみて、梨花は狐につままれた気分になった。

それは男性の方からのお断りの連絡だった。

断りの理由は、「プライドが高そう、愛想がないから。」と書かれている。

軽く目眩がして、梨花はその場にしゃがみ込んだ。

ああ、もう、どいつもこいつも。

もう、疲れた……。

来月の終わりには、また大学時代の友人の結婚式にお呼ばれしている。笑顔で祝福したい。だけど今の自分には無理だろう。いくら綺麗な花嫁を見ても、こんな思いをしたままそれを素直に綺麗だなんて思うことはできるはずがない。

私も、綺麗なうちにウェディングドレスを着たかった。海の見えるところで真っ白なドレスを着て写真に残したりして。

その時、ふと梨花の中である考えが閃いた。

じゃあ、着ればいいじゃん。綺麗なうちに。

相手がいなくても、一人で！

ぐるぐると渦を巻いていた視界に光が差し込んでくる。

梨花はその日なんとか仕事を終えると、帰りの電車で「ソロウェディング　海」と早速検索をかけた。調べていくと、関東でも海のロケーションで撮影できるスタジオはたくさんあった。

ソロウェディングという存在は知っていたけど、ずっと自分とは縁のないものだと考えていた。だけど、これから30歳になる自分へのプレゼントにはぴったりではないか。

梨花の胸は高鳴った。

痛いと思われても構わない。

梨花は誕生日に一番近い土日の空いているスタジオを予約した。今度は誰にも口外しないと心に誓いながら。

当日は、千葉の海岸で撮影が行われることになった。

プロにヘアメイクを施され、白いレースのたくさんついたドレスを纏った鏡の中の自分に梨花は惚れ惚れしながらため息をついた。色白な肌は真っ白なドレスにも負けていないし、その対比で、結われた黒髪は艶々と輝き、覗かせたうなじもセクシーだ。今までで一番美しい自分に会えた気がする。

焦る必要なんて全くない、私はこんなに綺麗なんだから。そう心から思うことができた。

スーツを身に纏った女性スタッフにスカートの裾をもたれながら、梨花は海岸へと移動した。砂浜の上で、薄ピンクと白の花が混じったブーケを受け取ると本当に花嫁になった気分になる。天気は快晴。風もほどよく吹いていて、まさに最高のロケーションだ。

カメラマンのシャッターに合わせて、梨花は身体を左右に振りながらポージングを決める。右に振れば、ドレスも風を纏いながら右に揺れ動き、左に振ればその方向にひらりと舞った。ミスコン時代、写真を撮られることはあったから、この手の撮影には慣れている。

「田城さん、少し身体の力を抜いて、もっと風に身を任せてみて」

ふとカメラマンがレンズから顔を離し、こちらに笑顔を作りながら言った。

カメラマンは、30代後半くらいだろうか？　髭ひとつ生えていない顔はやけに清潔感があり、その爽やかな笑顔は梨花を不思議と安心させた。

だけど、どういうことかわからない。私の完璧なポージングのどこがおかしかったのだろうか。

困っていると、カメラマンは機材を下に置き、両手を大きく広げて上を見上げるポーズをとった。

「ほら、せっかくこんなに海も空も広いんだから。自分一人の力で動くだけじゃもったいないでしょう？　一度深呼吸をして、もっと自由に、軽やかに、風を感じてみて」

梨花は彼の真似をするように両手を広げて空を仰ぎ、瞳を閉じると、大きく息を吸った。

それから、そっと風の音に耳を澄ませてみる。

それは、幼いころ貝殻を耳に当てた時に聞こえたような、透明で儚い音だった。

10
喫茶 うろひびこ
吉祥寺

あとがき

ちょっと一人になって落ち着きたい、読書、待ち合わせ、打ち合わせ、勉強、作業……。

喫茶店に足を運ぶ人々には、それぞれの〝事情〟があるはずです。

私にとってそれは、忙しなく進んでいく日々の一時停止ボタンでした。

ただ、カップの中のコーヒーとミルクが混ざり合う過程をじっと眺めたりして、頭を空っぽにする。お店から出ると、今まで見えていた世界の角度がほんの少し変わっていたりする。そんな時間を提供してくれる存在。

この本の始まりは、コロナ禍に開設した『うたたねのお時間』というホームページの中の「コーヒーと失恋話」という連載です。

私自身、昔から喫茶店好きでしたが、そんな素敵な空間を作り上げる店主に話を聞きたいと思っていても、なかなか勇気が出ない。じゃあ、取材をしにいけばいいんだと自分でアポを取って店主の方に話を聞きに行きました。

元々は、失恋話をテーマに店主に話を聞いて回ると決めていましたが、なかなか難しく、何かを失った時のこと、人とのコミュニケーションや自分の休ませ方など、店主やお店の雰囲気に合わせて取材して行くことにしました。結果、人間味に溢れ背中を押してくれるような言葉の数々に出会うことができました。

今回、書籍化するに当たって連載のタイトル「コーヒーと失恋話」という言葉に還り、恋愛をテーマにそれぞれの喫茶店の取材から連想した短編小説を書き加えました。

世の中には本当に様々な愛があります。それと同じ分、失うこともある。これは、必然だと思います。

大切なものを失うことは、特別なことではなく、日常に潜んでいるものです。

そんな時、迷いや悲しみを抱えたまま日々を乗り越えるのも立派だと思います。しかし、そうしているうちにどこかでプツリと糸が切れ、目の前が真っ暗になってしまうかもしれません。

日々に飲み込まれそうになった時、追い詰められた時こそ、全てを終わらせてしまおうなんて考える前に、一時停止ボタンを押して心の声を聞いてみてほしい。誰かから「そんなの無駄な時間じゃない？」と言われてしまうような一人の空っぽの時間。そんな時間こそが日常に潤いを与えてくれるのだと私は思います。

タイムラインに溢れている知らない誰かのたくさんの言葉。気がつけば、雑音に惑わされふらついている。そんな時代だからこそ、何にも邪魔されない、一人の時間が教えてくれることはきっとあるはずです。

モモコグミカンパニー

本書は、モモコグミカンパニーのオフィシャルＷＥＢサイト「うたた寝のお時間」で連載していた「コーヒーと失恋話」に掲載された記事に、書き下ろし小説を加え、再編集した書籍です。

モモコグミカンパニー
MOMOKO GUMi COMPANY

東京都出身。9月4日生まれ。
ICU（国際基督教大学）卒業。
2015年3月に結成され、
2023年6月の東京ドームライブを
最後に解散したガールズグループBiSHの
初期からのメンバーとして活躍。
作家として小説『御伽の国のみくる』、
『悪魔のコーラス』（ともに河出書房新社）、
エッセイ３冊を上梓。
2023年9月から音楽プロジェクト
（momo）を始動するなど、
幅広い活動を続けている。
ワタナベエンターテインメント所属。

コーヒーと失恋話

2024年5月20日　初版発行

著者　モモコグミカンパニー

写真　星野耕作

取材写真　モモコグミカンパニー

ヘアメイク　大田葵（Mk.9）

スタイリング　優哉

装丁　渋井史生

協力　ワタナベエンターテインメント、WACK、大塚啓二

編集協力　上野拓朗

発行人　西澤裕郎
発行　株式会社SW
〒150-0032
東京都渋谷区鶯谷町3－7マンションうぐいす202
TEL：090-6084-0969

印刷・製本　株式会社シナノパブリッシングプレス

発売　日販アイ・ピー・エス株式会社
〒113-0034　東京都文京区湯島1-3-4
TEL：03-5802-1859（書店様窓口）

ISBN 978-4-909877-09-3 C0093
Printed In Japan

ご注文
コーヒー 550
600
600
1000
300

COFFEE
TAKE OUT DRINK
〈ご注文後に淹れるので少々お時間頂くことがございます〉
ホットコーヒー 550
アイスコーヒー 600
オレ（ice hot）600
マイボトル割 各50円引
EE BEANS
カフェインレス メキシコ
500 1000
〈15コ入〉300
100g 900
280